MOLOKO PRINT

Moloko Print 147 | 2022
Herausgeber. Timo Brandt und Petrus Akkordeon
Zeichnungen. Petrus Akkordeon
Gestaltung. Ralph Gabriel
Gesetzt aus der Garamond
Druck. Booksfactory.de
Printed in Interzone 2022
www.molokoplusrecords.de
ISBN 978-3-948750-52-7

Der Amelia Earhart Pfannkuchen

Mit Zeichnungen von Petrus Akkordeon

Amelia Mary Earhart (* 24. Juli 1897 in Atchison, Kansas; verschollen am 2. Juli 1937 im Pazifischen Ozean, für tot erklärt am 5. Januar 1939) war eine US-amerikanische Flugpionierin und Frauenrechtlerin.

The Amelia Earhart Pancake

I have been unable to find a poem
for this title. I‘ve spent years
looking for one and now I‘m giving
up.

Richard Brautigan
November 3, 1970

Lyrik-Anthologie zu

Der Amelia Earhart Pfannkuchen

originally tried by Richard Brautigan

nun geschrieben von:

Beate Kniescheck, Markus Witte, Tabea Eder, Klaus Anders, Natascha Maier, Lars Bornschein, Isabella Krainer, Pietro Aerofago, Cornelia Travnicek, Nikolai Vogel, Diana Jahr, Thorsten Krämer, Angelika Polak-Pollhammer, Marco Kerler, Marlen Pelny, Mathias Jeschke, Hung-min Krämer, Guido Rohm, Sigune Schnabel, Gisbert Amm, Undine Materni, Lars Weylthaar, Juliane Blech, Christoph Kleinhubbert, Kathrin Schadt, Lop Strasoldo, Sylvia Krismayr, Petrus Akkordeon, Isabella Feimer, Raoul Eisele, Elke Engelhardt, Herr Penschuck, Juliane Ziese, Florian Kranz, Dakini Böhmer, Jonis Hartmann, Elizaveta Kuryanovich, Matthias Engels, Laura Untner, Clemens Schittko, Sandra Gugić, Alexander Graeff, Mona Susanne Unterberger, Jürgen Brôcan, Tamara Labas, I. J. Melodia, Martin Amanshauser, Ulrike Gschwendtner-Schütt, Simon Bethge, Julia Marille Volk, Sandro Nicolussi, Barbara Peveling, Peter Spafford, Monika Vasik, David Hoffmann, Katharina Ferner, Maximilian Scheffold, Miriam V. Lesch, Stefan Schmitzer, Erika Wimmer Mazohl, Philip Krömer, Sandra Hubinger, Julius Handl, Andrea Karimé, Danilo Pockrandt, Sigrun Karre, Jakob Kraner, Elisabeth R. Hager, Herbert Hindringer, Lea Schlenker, Stan Lafleur, Eva Brunner, Thomas Eichler, Caca Savic, Henning Kreitel, Anke Bastrop,

Vinzenz Fengler, Odile Endres, Michael Augustin, Judith Nika Pfeifer, Martin Piekar, Michelle Steinbeck, Jakob Schneider, Astrid Nischkauer, Gerald Jatzek, Friederike Overweg, Adrian Kasnitz, Barbara Pumhösel, Peter Hauff, Helene Proißl, Timo Brandt, Angelika Stallhofer, Bianca Körner, Katharina Kohm, Seda Tunç, Verena Dürr, Jacqueline Weihe, Tanja Langer, Marlen Schachinger, Regina Hilber, Siljarosa Schletterer, Julia Mantel, Simone Scharbert, Jana Volkmann, Romina Nikolić, Ruth Loosli, Ronja Paffrath, Jantien Sturm, Sophie Reyer, Klára Hůrková, Raphaela Edelbauer, Jona Zhitia, Michael Hammerschmid, Christa Issinger, Werner Weimar-Mazur, Rosa Keck, Jochen Stüsser-Simpson, sowie den Kindern von Poedu.

Beate Kniescheck

Die Amelia Earhart Palatschinke

Amelia Earhart und
Neta Snook Southern
waren Freundinnen,
so nehme ich an,
weil die eine
der anderen
das Fliegen beibrachte.

Amelia Earhart und
ihre Mutter
hatten es schwer,
so nehme ich an,
weil die eine
der anderen
die Angst beibringen
wollte.

Amelia Earhart und
ihr Mann
hatten es spannend,
so nehme ich an,
weil der eine
der anderen

die Leidenschaft nicht
neidete.

Amelia Earhart und
ihr Flugzeug
hatten es schön,
so nehme ich an,
weil das eine
der anderen
die Schwerelosigkeit
zeigte.

Amelia Earhart und
die Palatschinke
haben nichts
miteinander
zu tun,
so scheint es,
obwohl das eine
von *placenta* kommt
und die andere etwas
Neues geboren hat.

Markus Witte

Der Amelia Earhart Pfannkuchen

Odysseus schreib des Tags deine Zeilen in
Kreide auf den Fels und wische sie des
Nachts mit dem Teigrest aus der Pfanne
hinfort wenn das Gedicht vollendet ist wirst
eine andere du zum Altar führen müssen
aber deine Amelia sie wird heimkommen

The Amelia Earhart pancake

She had just joined the scientists' team,
Miss Amy Earhart PhD,
gained instantly the team's esteem.
Yes, it was hers to find – the key,
to see there are a billion other
twinkling stars – we're not alone.
And it was hers, too, to discover
our galaxy looks like a scone.
Though her description was so close
the pancake-scone-dispute arose.
As compromise, the name to stay
was ever after „Milky Way“

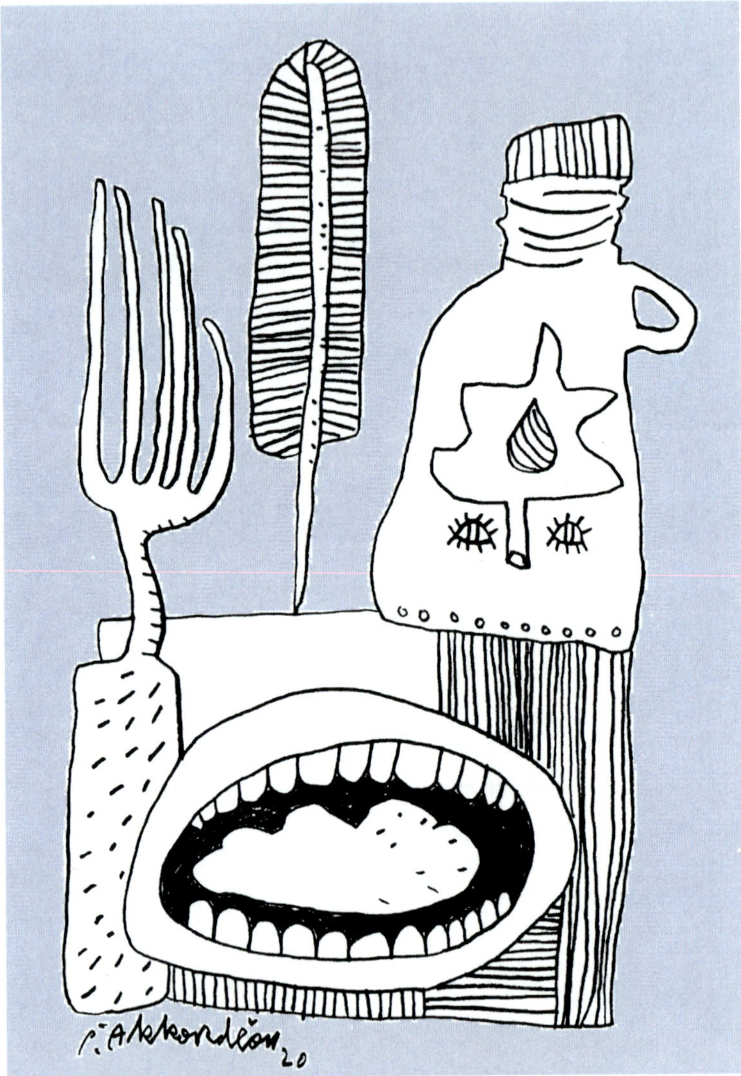

Tabea Eder

der amelia earhart pfannkuchen
(oder: was es mir sein darf)

geruch von sonntag
in den wolken
die raubehäuteten frauen
bedeuten alles
wir streichen langsam
entlang
der fluglinien
(flüstern ein)
vergiss die männerhand
sie darf hier nicht stehen
dagegen
sie
erscheint
wie mein verlorener mut
zerstaubt
und immer noch
geruch von sonntag
in den wolken

Klaus Anders

Der Amelia Earhart Pfannkuchen

Nach dem Absturz in den Pazifik,
bei dem ihre Maschine zerschellt war, klammerte sich
Amelia Earhart, fast unversehrt, an ein Flügelteil und trieb so
einen Tag lang in spiegelglatter See, bewegt
von einer sanften Strömung, bis ans Ufer einer kleinen Insel.

Wasser fand sie nicht, aber Früchte, die sie erst
vorsichtig probierte, leicht sauer, genießbar,
durstlöschend, offenbar nicht giftig,
und entging so dem Tod durch Verdursten.

Bei der Erforschung des Inselchens entdeckte sie
Bäume mit nußartigen Samen. Sie schmeckten
ein wenig nach Hammelfett, aber bekömmlich
waren sie. Auch kartoffelähnliche Knollen fand sie,
Organe einer Art Sonnenblume, die sie zerrieb
und mit den zerkleinerten Nüssen mischte.
Daraus formte sie Fladen. Trocknete sie
auf Steinen liegend in der Sonne. Sie wurden zäh
wie Quittenbrot, schmeckten nicht überwältigend,
aber mit Früchten oder Krabbenfleisch belegt ging es.

Als man viele Jahre später Amelia Earhart fand,
sie war inzwischen 237 Inseljahre alt geworden,
sah aus wie ein dürres Holz und sprach
ununterbrochen, auch im Schlaf, brachte man nicht nur sie,
sondern auch die sonderbar riechenden Fladen
mit an Bord. Sie wurden alsbald zum Renner
und werden heute gewöhnlich aus Mondamin und
Cashewnüssen hergestellt, mit etwas Öl und Wasser,
in der Pfanne ausgebacken und belegt
mit dem, was eben zur Hand ist.

Natascha Maier

Der Amelia Earhart Pfannkuchen

Ich rufe dich von meinem Nokia 6210 an
versuche zu erklären wo ich bin
sage in Wassermelonenzucker;
du verstehst nicht.

Sage du sollst hin machen
mache dir Druck
muss vorher noch meine Rede halten.
Ich will den ersten Transatlantik-Flug nicht verpassen
will morgens neben dir im Bett Pfannkuchen essen
will Forellenfischen in Amerika
will nach Spring Hill.
Verstehst du das?

Wir sitzen auf den Stufen
und hoffen nicht entdeckt zu werden
die Rache des Rasens ist süß
so wie dein Mund
wie die Texte die du damit erzeugen kannst
und der Wein daraus.

Du rast im Tokio-Montana-Express zurück
zurück zu deinem Gast sagst du.
Und ich, ich gehe noch einen heben
mit Edna und dem konföderierten General
damit wir das Ende unserer Kindheit nicht verpassen.

Später träume ich von Babylon
und wie ich mit Amelia Earhart
das Puderquastenrennen fahre.

Lars Bornschein

Der Amelia Earhart Pfannkuchen

eier mehl milch
und eine prise meersalz
in einer heißen pfanne
ausbacken bis alles
in butter ist
dann so hoch werfen
dass er für immer oben bleibt

Isabella Krainer

Der Amelia Earhart Pfannkuchen

abenteuer
kleben
am himmel

tropfen
und höhlen
denkpfannen
aus

electra
im aufwind
das meer
versalzen

wir sind
nicht mehr
in kansas

denkt sie
und spuckt
in den teig

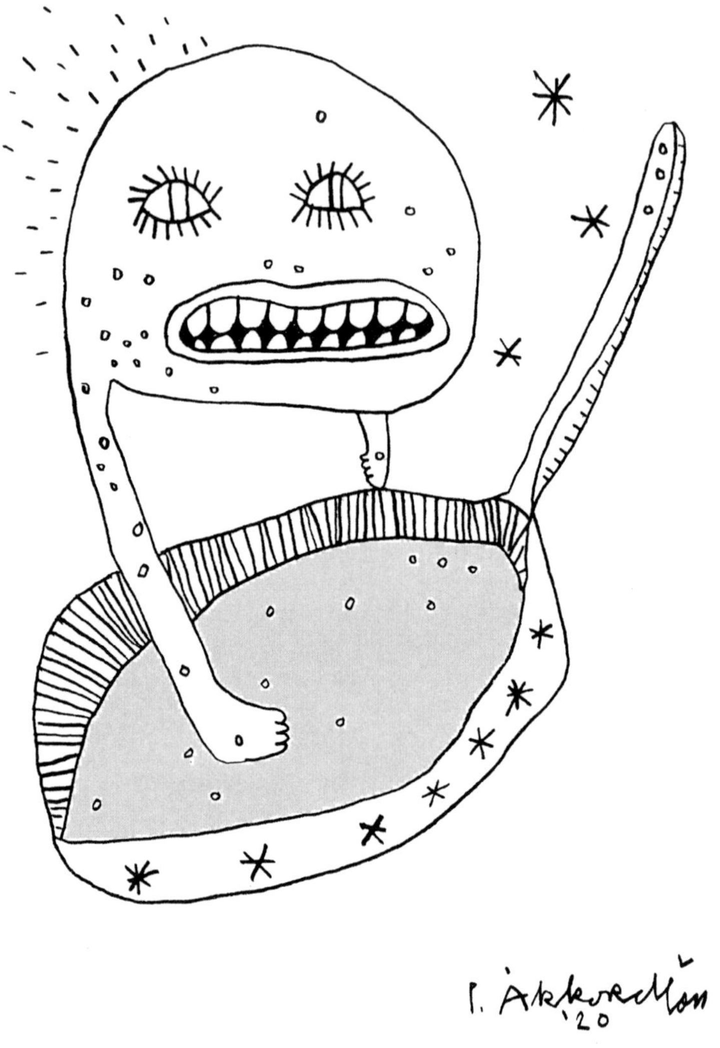

Pietro Aerofago

Il Laboriosa Earhart crêpe

1 Stultz, pacco usuale
1 metafora secca, p.e. 1 sacco di patate
100g di magari (in caso aereati)
1 giorno, volendo

(as later unearthed letters)
(wie später ausgegrabene Briefe)
ausgegraben in die Luft?
und die Zwischenzeit macht ein langes Kind?
ich bedaure, es wird kein wiedergefundenes Gedicht sein,
nur, und allein in Gedanken, dessen Gedeck.

Cornelia Travnicek

der amelia earhart pfannkuchen

a. wie sie mit ihrem gewehr
auf die ratten unter der veranda schießt
es staubt
wie wenn puderquasten einschlagen
ich muss noch immer
an den pfannkuchen denken
den sie nicht mehr landen konnte
und der jetzt wohl verschollen bleibt
in ewigkeit
auf dem küchenkasten
friedhof der aerodyn-
amen

Nikolai Vogel

Der Amelia Earhart Pfannkuchen

I

Wir falteten Papier und wurden besser
Wussten um die Strömungen der Luft
Das Segeln und die Leichtigkeit
Den Schub gaben unsere Hände selbst
Wir feilten an der Wurftechnik
Das Geheimnis war die Lässigkeit
Unerwartete Kurven zogen ihre Bahn
Zu steile Stürze waren zu vermeiden
Die Tragflächen, die Schnittigkeit
Die beste Form galt es zu finden
Und wir waren richtig gut darin
Die Strecken wurden weiter, und alle
Durften sich versuchen, es gab nichts
Was uns abhielt, aber am weitesten
Flog der Pfannkuchen von Amelia
Wir haben ihn nie mehr gefunden

II

ehrlich gesagt habe ich
lange keinen Pfannkuchen
mehr gegessen und auch
geflogen bin ich
länger nicht

Diana Jahr

der amelia earhart pfannkuchen

als du diesen vers schriebst
und kein gedicht
wurde ich geboren
ich wusste nichts von amelia
noch von einem pfannkuchen
und doch fliegen die zeilen
in mein leben
und sie hallen nach sie flattern noch sie sind
ein gedicht mit süßem duft
eine erinnerung an den mut
der poesie
macht sich breit in der küche des himmels
abenteuer beginnen am ende
eines pfannkuchengedichts

Thorsten Krämer

Der Amelia Earhart Pfannkuchen

Von allen Gedichten mit diesem Titel
ist das hier
das einzige, das nicht
von Richard Brautigan aus der fünften Dimension
diktiert wurde.
Das hat er mir versprochen.

Angelika Polak-Pollhammer

Amelia Earhart Pfannkuchen

eine Schüssel Teig
der Klebstoff zwischen uns
nur Milch Mehl und Eier
die Prise Salz nicht vergessen
fünf Mägen wollen gefüllt werden
in guten wie in schlechten Zeiten
Suppe als Vorspeise
damit es länger einhält
mit Butter in der Pfanne
einer nach dem anderen herausgebacken
in Kringeln steigt der Dampf auf
sie liest daraus die Zukunft
es duftet süß
gleich den Träumen
noch lange Zeit
ein Versprechen
in der Luft
gemacht von ihm an sie

Marco Kerler

Der Amelia Earhart Pfannkuchen

Als wir das 51. Rezept
in einem alten Buch
als wir die geheime Zutat
aus Wolkenkuckucksheim
als wir die Pfannkuchen
brieten auf ihnen fliegen
konnten als wir in einem
Gebiet landeten in
der Wüste Nevadas
als wir das Blitzlicht
wahrnahmen und sie
am nächsten Tag in
der Zeitung von Ufos
berichteten als wir
die Aliens waren als
wir

Marlen Pelny

Der Amelia Earhart Pfannkuchen

Sobald man sich auf die Suche begibt, wonach auch immer, wird man
zwangsläufig scheitern, hat meine Oma immer gesagt. Suche nichts,
mein Kind, es wird dich nur enttäuschen. Wir haben nie Verstecken
gespielt, oder Topfschlagen, Oma und ich. Das war alles nicht
ihr Ding. Später habe ich nicht einmal nach Oma gesucht,
als sie abhandenkam. Ich habe Pfannkuchen gemacht,
nach ihrem Rezept und alte Fotos angeschaut.
Zwischen den Alben fand ich einen grauen
Hefter. Darin hatte Oma viele Artikel
gesammelt, über Amelia Earharts
Verschwinden.

Mathias Jeschke

Der Amelia Earhart Pfannkuchen

Als Amelia Earhart in eine Meerestiefe von 5000 Metern versank, war Richard Brautigan zwei Jahre alt. Bestimmt mochte der Junge Pfannkuchen wie meine Kids. Jedenfalls kann ich sagen, dass es mir zu jeder Zeit verlässlich gelingt, einen Pfannkuchen in die Höhe zu schleudern und wieder aufzufangen. Jeder von ihnen ein mir anvertrauter Flug-Pionier. Elly Beinhorn und Charles Lindbergh liegen schon auf dem Teller.

Hung-min Krämer

The Amelia Earhart Pancake

in the morning she made it
in the morning she ate it
she ate it with syrup and berries

then she took her Canary
and crossed the Pacific
(well sort of, it was really tragic)
she died

but what she achieved
was what she believed
and she did it with dashing delight!

Guido Rohm

Der Amelia Earhart Pfannkuchen

Man möge ihm ruhig verkauen,
das Ding habe sich – sicher, ganz sicher –
in Luft aufgelöst,
gab der kleine George bekannt,
als man ihm nach dem Verbleib
des letzten Pfannkuchens befragte.
Verdaut mir, sagte er schmatzend.

Der Amelia Earhart Pfannkuchen

Ich esse.
Ich esse Pfannkuchen.
Funkuchen.
Ich lache.
Ich lache das Haus in die Breite.
In die Höhe.
Ich esse Funkuchen.
Und lache.
Ich esse mein Lachen.
Ich lache, bis ich aufsteige.
Ich esse mich leicht.

Und leichter.
Ich esse mich zu einer Feder.
Ich esse mich zu den Wolken empor.
Ich lache und esse mich ins Weltall.
Ich esse Funkuchen.
Ich esse Pfannkuchen.
Ich bin ein Magier der Speisen.
Ich verwandle Pfannkuchen in Funkuchen.
Ich verwandle mein Gesicht in ein Lachen.
Meine Schwere in Leichte.
Ich fliege zu den Sternen und tanze dort.
Ich bin eine Pfanne, bin eine Küche, bin ein Haus.
Ich bin da und nicht da.
Ich erfinde mich hier.
Erfinde mich dort.
Bin fort.
Ich esse Pfannkuchen.

Sigune Schnabel

Der Amelia Earhart Pfannkuchen
Oder: *Warum es keinen Pfannkuchen gibt*

Als der Teig noch keinen Namen hatte,
trug sie verwegene Kleider
und stieß ihr Gewissen
an Schöpfkellen wund.

In Mädchenfarben band sie mir
Worte um,
während das Öl in der Pfanne schwieg.

Heute liegt Schnee
in der Küche,
und Sträucher stehen kahl
zwischen Fliesen.
Der Hunger kauert
mit zerfetztem Hemd
am Herd.

Gisbert Amm

Der Amelia Earhart Pfannkuchen

Howl and Howl and Howland,
diese pazifische Plinse,
muss doch zu finden sein.
Funk: Wir suchen weiter.
Ohne Antenne, mit falscher Karte;
es ist nicht das erste Mal knapp.
Das wird wieder Stories geben!

Das Meer wird abgesucht
nach einem schwimmfähigen Gedicht,
eine Fläche größer als Deutschland.
64 Zeitschriften und acht Anthologien
sind an der Suche beteiligt. Die größte
in der Geschichte der Literatur. Doch
das Gedicht liegt in 5000 Metern Tiefe
vor Howl and Howl and Howland.

Undine Materni

Der Amelia Earhart Pfannkuchen

I

Aus meiner gusseisernen
Pfanne flog gestern
ein runder goldgelber
Pfannkuchen durch das
offene Küchenfenster
davon
Drehte sich einmal
um
und winkte mit
winzigen Flügeln –

Zuletzt wurde er in der Nähe
des Äquator gesehen mehr
ist nicht zu sagen

II

Amelia Earhart so
erzählt man sich
beherrschte die Kunst
köstliche fliegende
Pfannkuchen zu backen
Nur jene die wirklich
hungrig waren
konnten sie sehen
nach ihnen greifen
und sie genüsslich
verspeisen

Ein gieriger Wirt
aus dem erzgebirgischen
Geyer reiste nach
Kansas um diese Kunst
von ihr zu erlernen
Doch auf der Überfahrt
starb er an
verdorbenem Fisch –

Lars Weylthaar

Der Amelia Earhart Pfannkuchen

stell dir vor:
ein feuchter himmel
morgens um 9 uhr
doch es wird einfach nicht hell

& vor dir kaffee mit
genau der besten
temperatur

& ein süßer fladen
mit sirup & mit
butterstückchen

mit einem namen
der nach freiheit
klingt wie

DER EIERKUCHEN „PANCHO BARNES“
in siedend heißem fett frittiert
höllenengelscheißdraufsüß
an den seiten kross &
in der mitte weich

Juliane Blech

Der Amelia Earhart Pfannkuchen

ich kann einfach ein gedicht
für diesen titel erfinden ich
kann es nicht jahrelang
versuchen will jetzt
den pfannkuchen greifen
nicht aufgeben er ist
herz groß gefüllt wie
das leben die weiche
faust einer frau die
aus dem overalärmel ragt

P. Åkkordeŏn
2020

Christoph Kleinhubbert

Der Amelia Earhart Pfannkuchen
oder: *Was ich sagen wollte*

Wenn man mit
Einem Dichter in
Einer schummrigen Bar
In Tokio sitzt und
An nichts denkt
Nur an den
Verbeulten Hut des
Dichters an seine
Trüben Brillengläser an
Die herunterhängenden
Enden seines Bartes und
Nichts weiter geschieht
Nur die Zeit läuft und
Der Dichter dann ein
Gefaltetes Papier aus
Der Tasche zieht es
Anzündet und in den
Aschenbecher legt der
zwischen uns auf dem
Tisch steht Er sagt

Ich kann keine Liebesgedichte
Schreiben sie gelingen mir nicht
Das hier war ein Liebesgedicht
Für Amelia Earhart und ihre Pfannkuchen

Wie starren auf die Ascheflocken
Was hattest du für sie geschrieben
Der Dichter lächelt dann spricht er

Was ich sagen wollte
Ich wollte nur sagen
Ich habe
Die Pfannkuchen
Aus dem Ofen
Gegessen

Die du sicher
Verwahren
Wolltest
Für's Abendessen

Verzeih mir
Sie waren wunderbar
Die Pfannkuchen

Meines Lebens
Auch wenn sie
Schon kalt waren

Das ist schön sage ich Zu
Schön um es zu verbrennen
Schreib doch einen Brief
Für Amelia Earhart und ihre Pfannkuchen

Ich werde darüber nachdenken
Sagt er Steht auf und geht
Hinaus in den Tag
Und verschwindet

Der Amelia Earhart Pfannkuchen

So wie ich
Wach wurde
Fiel mir
Der Titel des
Gedichts ein

Ich erwachte
Neben dir
Sehr früh am Tag
Da warst du
Schon ausgeflogen
Der frühe Vogel
Fischt den Fisch

So dachte ich
Gab der Katze
Setzte mich
In die Küche
An den Tisch
Suchte nach Worten
Für das Gedicht

Während die Katze
Mir brummend um
Die Füße strich

Kathrin Schadt

Der Amelia Earhart Pfannkuchen

Für Jule

feder
leicht
Ada lovelace
sind deine gedanken
in ein flaumkleid gehüllt in
deine flügellogie deine ideen vom fliegen
über dein liebeslasso
ausgeworfen deine visionen
in die zukunft trotzdem
dein gehirn sterblich war
wie die zeit zeigte
wird es weiter gehört
was dir vorschwebte
wurde an das rechte ohr getragen
an das rechte herz
earhart earhart earhart
hast du Amelia nun Adas hoffnungen die flügel
eines kanarienvogels verliehen
die Ada schon vor deiner zeit für dich gezeichnet hatte
ihre luftschlösser hast du Amelia
in einer gelben blechbüchse über die wolken getragen

weil das abenteuer selbst es wert ist
habt ihr euch über dekaden und lüfte hinweg vereint
dem tod einen streich gespielt
freundschaft im geiste geschlossen
einen schönen sonntagmorgen
gesell ich uns an einen gusseisernen petiten tisch
fern aller herren gedecke
einen brautigan im nebenraum
wer weiß
wie gern ich dort gewesen wäre
über Adas vogelskizzen
sitzen wir zu Amelias schilderungen
über die eroberung eines ausschweifenden
tRAUMs
schlagen uns dabei die bäuche voll
mit sirupglänzenden pfannenkuchen
dazu ein klebriges likörchen
oder zwei
denn auf tomatensaft und etikette haben wir längst
durch einen strohhalm laut stark fiepend gepfiffen
und tabakrauch dazu in fülle
bis die luft damit schwanger geht
durch die wir unsere finger wie flugzeuge ziehen
damit Amelias weg beschreiben

vom gipfel des einen As hin zum Anderen
A das eifrige und das tapfere A
zwei funktürme zwischen den zeiten
und Adas ideen wie lichtjahrentfernte morsezeichen
leuchten weiterhin zwischen den zeilen
von Amelia dechiffriert und über den atlantik geflogen
und wenn es sein muss
noch ein tausendmal mehr um den globus
tragen wir heute eure herausforderungen
mit uns weiter wie luft
zum weiblichen atmen
und verlieren wir uns im ozean
machen wir uns wieder auf ein neues auf
auch für euch
noch ein tausendmal mehr um den globus
wenn es sein muss
ein tausendmal mehr
kennen wir die gefahr
und wir tun dennoch was wir wollen
weil wir es wollen
und wir wollen ungestört im dunstkreis unserer nachmittage
gemeinsam
sirup getränkt pfannenkuchen verschlingen und
Auffliegen

„Mein Gehirn ist mehr als sterblich. Das wird die Zukunft zeigen."
Ada Lovelace | 1815–1852 | England | Mathematikerin. Entwarf als Jugendliche ein Buch mit dem Titel „Flyology" in dem sie ihre Flugstudien und Skizzen von Vögeln vereinte, in der Hoffnung eines Tages selbst zu fliegen.

„Please know that I am aware of the hazards. I want to do it because I want to do it. Women must try to do things as men have tried. When they fail, their failure must be a challenge to others."
Amelia Earhart | 1897–1937 | US-amerikanische Flugpionierin und Frauenrechtlerin. Zitat aus ihrem letzten Brief an ihren Ehemann George P. Putnam.

„Adventure is worthwhile in itself."
Amelia Earhart

2020

Lop Strasoldo

Der Amelia Earhart Pfannkuchen

Nur eine Flasche Benedictine fand man
einen Damenschuh
einen Sextanten.
Alles andere bleibt,
wie man sagt,
Hypothese.

Unstrittig nur,
dass mein Onkel,
ihn sich wohl über den Pfannkuchen gekippt hätte.
Wie er sich Grappa in ein Wasserglas goss
um zu Weihnachten
die Kekse darin zu versenken.

Nur für den Damenschuh
und den Sextanten
hätte er wohl keine Verwendung.

Er
kann es also nicht gewesen sein.
Es passt auch vom Alter gar nicht gut.

Auch Alma Mahler Werfel
trank gern Benedictine.
Aber über ihr Verschwinden,
zumal auf einer Südseeinsel,
berichten die Medien
wieder mal nichts.

Typisch.

Sylvia Krismayr

Der Amelia Earhart Pfannkuchen

am Morgen
scharen sich die Hühner
um ein Geräusch,
das Körner in einem Plastikbecher machen,
wenn dieser geschüttelt wird

gurrend und leise
ihr Gespräch vorher
im Stall
in allen Tonlagen eine Besprechung
ganz anders wie das aufgeregte <Gogoleg>,
das das gelegte Ei verkündet,
wobei der Hahn am lautesten
den Erfolg für sich in Anspruch nimmt,
als ob das Ei ein goldenes wär

golden allerdings das Dotter

am Abend
werden die übriggebliebenen Pfannkuchen
klein geschnitten
und in den Hühnergarten verstreut
die Hühner stürzen sich auf die Essensreste
unter Einhaltung der Hackordnung,
die da und dort vereinzelt
einen Aufschrei provoziert

Petrus Akkordeon

Der Amelia Earhart Pfannkuchen

heute bin ich du
frau albatros
an land nicht richtig
die anderen
legen eier ins feuer
werden bald so komische vögel
ich hebe ab
zerteile den himmel
in gleiche teile
und stürze ins meer
da diese unnütze Sonne
mir das gefieder
tropfen
lässt
morgen
schlüpfe ich wieder
aus

Isabella Feimer

Der Amelia Earhart Pfannkuchen

2. November 1970

ich kann einfach kein Gedicht finden
kann nicht abschließen,
was ich seit Jahren abschließen möchte
verschließen und versiegeln

das Grau
draußen
hilft
dass ich nicht aufgebe
noch nicht
in das Grau kann ich Ideen ritzen
Worte
vor allem Worte ritze ich

da ist dieser Duft
der mich an die Kindheit erinnert
ein Diner
und der Wunsch zu fliegen
wenn geht
von einem Ende der Welt zum anderen

da ist dieses Gedicht
das vielleicht seit damals in mir ist
ich kann es nicht erzählen
vielleicht später
kann ich
vielleicht morgen
dann

Raoul Eisele

Der Amelia Earhart Pfannkuchen
oder: wenn Männer hinterm Herde …

draußen im Hof eine Waffel aus
Stein, ein Pfannkuchen aus
Styropor, ob sie von den Dächern
fielen, von Balkonen aus flogen
ich weiß es nicht – vom Himmel
wohl kaum

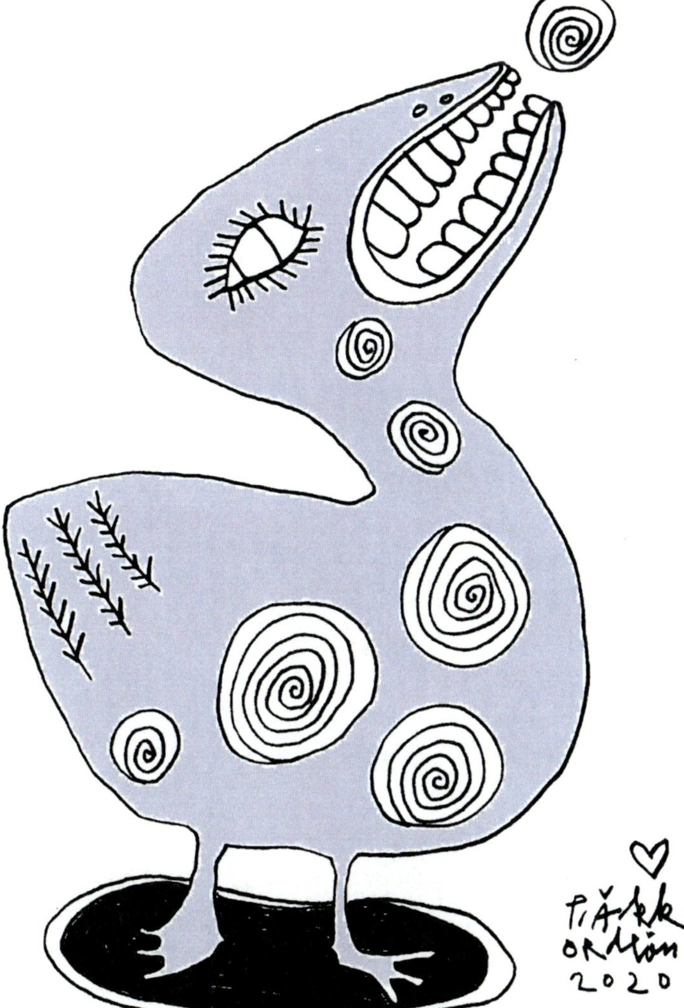
2020

Elke Engelhardt

Der Amelia Earhart Pfannkuchen

oder: All diese Eindeutigkeiten über die sie sich einfach erhob

Es gibt ein Bild von ihr
Sie ist neun Jahre alt
etwas Folgenschweres ist passiert
Ein Entschluss ist in ihr gewachsen

Ihre Gedanken, Träume und Visionen
waren so nahrhaft, dass Grace eines Tages
auf die Idee kam, sie in winzigen Dosen
in ihren Pfannkuchenteig zu mischen

Der einzige Gedanke, der danach beständig
durch ihren Kopf spukte:
Sie ist meine Schwester und ich vermisse sie
Aber vom Vermissen wird niemand satt
und aus Nichts haben schon ganz andere
unübertreffliche Gedichte gemacht

Was blieb war der Hunger und die Suche
und vielleicht ist auch das ein Gedicht
nicht leicht zu finden
aber da

Der Amelia Earhart Pfannkuchen

oder: Schöpfungsgeschichte

Eine schöpft Mut wie die Luft
durch die sie gleitet
weitergehen ist nicht genug
über Grenzen zu fliegen bedeutet Leben

Eine schöpft den Teig
mit der Kelle in die Pfanne
auf dem Herd
Jeden Tag Pfannkuchen
damit sie wiederkommt
Ohne Hoffnung kann man nicht leben

Herr Penschuck

Der Amelia Earhart Pfannkuchen
amilia earharts proviant
oder:
die ganze wahrheit

flog mit gedanken
hungrig in die welt

sie trug ganz selten carhartt

–ist ja auch klar:
zu ihrer zeit
noch marke ohne geld–

fredy neptune
vormals helgoländer zage

er war
ihr schicksal
witterte es smart
auf goldenen schwingen

den teig nabuccos
den tropischen ambrosia
drei eier
milch
ganz zart!

kam fredy zur
kombüse nun
stahl der elektra
ihren teig

es blieb:
gemüse.

Juliane Ziese

Der Amelia Earhart Pfannkuchen
(Flying Sista)
- für tango -

Aus dem Himmel gefallen
unverhofft zur Zeit
erinnern was Bedeutung hat
wie machen geht

kompromisslos still schnell hungrig erschöpft und wieder aufstehen
weiter rennen weiter hungern kurz berauschen und versuchen zu glauben
verzweifeln wüten und schlaflos sein

kämpfen

abstürzen

vielleicht gefunden werden

und niemals nichts bereuen

Florian Kranz

Der Amelia Earhart Pfannkuchen
(Anagrammgedicht)

Amelia Earhart: „Der Pfannkuchen
kann am Altar auch ein Reh, Pferde
und Palmen heiraten – Frack, Haare
edel, Arme tapfer. Aha! Nur ich kann
frei und apart lachen! An Ehekram
denken: Pfarrer, Aula, Amt... Ich ahne
die Anapher: Mann hackt Frau leer,
Mann raucht. Ehepaar? Feinde, klar!"

Der Pfannkuchen: „Amelia Earhart
faucht radikal! Ehrenarme Panne,
ihre Reden! Auch am Apfelrat kann
nun eine harte Kram-Parade flach
laufen. Aha! Mein Herr packt an! Der
Mann ruft Paare an: Ehekrach, Leid,
Pflichten – aua, der Arme! Anker nah
an Armee-Adern parken hilft auch!"

Dakini Böhmer

Der Amelia Earhart Pfannkuchen

I

in zeiten – früher – irgendwann
wusste ich stets wohin ich flog
ich kannte meinen hafen und
mein ziel und meine luft gleich
überm meer in gischt gespuckt
dann kam dieser tag ich weiß
nicht mehr warum noch wo da
überkam mich aus dem nichts
die lust auf pfannkuchen mit
erdbeermarmelade mitten in
meinen himmeln strauchelnd
fiel mir auf dass nichts mehr ist
und nichts so bleibt seit diesem
moment des hungers so schmeckte
ich bereits den fladen süß im
munde als mich in blindem hoch-
genuss der berg im flug erfasste
ich hieß amelia das weiß ich noch

II

heute morgen machte mein mann
pfannkuchen zum frühstück dabei
pfiff er lieder und immer wenn ein
fladen fertig war ließ er ihn aus der
pfanne auf den teller fliegen einmal
fiel einer herunter und landete ver
drossen auf den weißen küchenfliesen
unvermittelt musste ich an Amelia
Earhart denken die vielleicht ähnlich
abgestürzt nun auf dem grund des
meeres liegt irgendwo mitten in der
küche eines kraken

Jonis Hartmann

Der Amelia Earhart Pfannkuchen
oder: *Zu tun*

Fühlen wäre schwer, sie schluckt es nicht. Aber das ist nicht der Grund. Nie & nimmer. Steinweiche Schichten folgen stirnseits. Allein weiter werde es immer gehen.

Elizaveta Kuryanovich

Der Amelia Earhart Pfannkuchen

Quer durchs mehlige Meer
gedacht Miss Gulliver
was Männern zu Füßen liegt kann frau befliegen

Welche Pfannkuchen wenn
wilde Wespentaille mit
dem Äquatorumfang ringt
träumt nicht so korsettiert

Herr Pazifik verschluckt Gusseisen wie Titan zwei
Flügel drüber schmeißen
& keinesfalls Mayday

Matthias Engels

Der Amelia Earhart Pfannkuchen I

5. Januar 1939

Lieber Fred
du wolltest nichts davon wissen,
als Amelia fünf Jahre nach Lindbergh
als erste Frau im Alleinflug den Atlantik überquerte.
Ich weiß noch: Ich buk gerade Brot.

3 Jahre später
überflog sie als erster Mensch
den Pazifik zwischen Honolulu und Oakland.
Du meintest, sicher habe sie nur einen guten Navigator gehabt
und übrigens sei der Eintopf fad.

Als sie im Mai 37 startete,
um als erster Mensch die Erde am Äquator zu umrunden,
nahmst du mir die Zeitung weg und verschwandst damit im Bad
Ich sah sie nie wieder.

„Geh mir weg mit der“,
sagtest du, als sie im Juli
von Neuguinea aufbrach,
um zuletzt den Pazifik hinter sich zu bringen.

Aber ich pellte die Kartoffeln
auf die Baltimore News-Post,
geborgt von der Nachbarin.

Nun ist sie tot.
Nur für den Fall, dass du dein Abendbrot suchst:
du wirst weder Pfannkuchen noch Pfanne finden.
Aber lass dir sagen: Sie flogen vortrefflich-
in weichen Bögen und erreichten ihr Ziel
noch warm.

Der Amelia Earhart Pfannkuchen II

Der erste tag beinahe wie urlaub
Gardner Island schien wie das paradies
aber Fred und Amelia waren nicht Adam nicht Eva
in der sonne sitzend, am likör nippend
verstohlene blicke zu himmel und horizont
abends lagerfeuer am strand

Am zweiten tag kehrte der alltag ein
sie bauten werkzeuge aus muscheln und flugzeugblech

einer von Amelias schuhen der marke *Cat's Paws*
ging verloren zwischen den felsen, der andere,
nun nutzlos, wurde achtlos fortgeworfen
mit make up und puderdose

nach einer woche war die letzte flasche Bénédictine geleert
der hunger wurde stärker, sie fingen fische, kleine vögel
nach 14 tagen wechselte Amelia den lagerplatz
Fred stand nicht mehr auf, sie konnte ihn nicht anrühren
die krebse erledigten das mit ihren scheren

sie war nun allein unter der sonne der phoenixinsel
-die Lockheed erhob sich nicht aus dem meer-
mit nichts als hunger und einer leeren sextantenkiste
während irgendwo in der ionosphäre reflexionen
ihrer funksprüche verhallten

am letzten tag buk sie einen ganzen haufen
feiner pfannkuchen, von butter glänzend
mit blaubeeren und sirupbesprenkelt
gefüllt mit eiscreme und karamell
sie waren köstlich- ein fest- das beste
das sie je gegessen hatte, sie wusste:
man würde noch lange davon sprechen

Laura Untner

Der Amelia Earhart Pfannkuchen

Trüben Milchner gefischt,
im Kern ein eiernder Vogel.
Mehlichten Faden aus Lehm (gemahlen)
und PUFF: kainmal, Land der Giraffen!

Der Amelia Earhart Pfannkuchen

Ich kann einfach kein Mehl finden
für diesen Teig. Ich hab jahrelang
nach einem gesucht, und jetzt geb ich
auf.

Clemens Schittko

Der Amelia Earhart Pfannkuchen

Richard Brautigan konnte einfach
kein Gedicht finden für diesen Titel.
Er hatte jahrelang nach einem gesucht
und es dann aufgegeben, einen zu finden.
Ja, Richard Brautigan konnte einfach
kein Gedicht finden für diesen Titel.
Er konnte es einfach nicht. Allerdings
kann ich es jetzt für ihn tun. Ich kann jetzt
ein Gedicht finden für diesen Titel.
Und hier ist es auch schon, das Gedicht!
Habt ihr noch irgendwelche Fragen? Nein?
Dann danke ich euch für eure Aufmerksamkeit
und wünsche euch noch einen schönen Tag!

Sandra Gugić

der emilia earhart pfannkuchen

hier war ich eine landschaft aus wenigen worten bedeckt mit
dem staub des täglichen oberwellen ich war gepäck auf dieser reise
wie ein sack kartoffeln eigensinn und resonanzraum der atlantik unter dir
eine rote linie von da nach dort wir müssen in ihrer nähe sein aber wir
können sie nicht sehen wir kreisen aber wir können sie nicht hören
der käfig deines geschlechts als reflexion in der ionosphäre dein
widerstreben es dauert zu lange ein baby zu machen
geschweige denn pfannkuchen scheitern zwischen inseltheorien
frequenzen protokollen von palmendieben knochenfragmenten
hinweise auf menschlichen aufenthalt eine flasche bénédictine
ein reißverschluss der spiegel einer puderdose unklarer verbleib
der tatsachen dieses bild wurde kurz vor dem unfall in luke field
hawaii aufgenommen der meeresboden fällt dort
auf mehrere hundert meter ab

Alexander Graeff

Der Amelia Earhart Pfannkuchen

Der Betrieb blubbert:
Querdenker Lutheraner Geisterjäger
Mangelware Machteinbußen Montagmorgen
In meiner Küche unterdessen
Steigt der Teig auf heißen Steinen
Wölbt sich spannt sich nutzt den
Auftrieb transatlantischer Beziehungen
Wenig Abrieb bei Lyrikwettbewerben
Virilität viel Gestammel über
Boden Höhenverluste Hoden-
Volumenvergleiche : Gusseisen versus Teflon-
Pfannen. Dann steig ich halt ins
Delir und du in den Himmel
Zeigst zaghaft die erbärmlichen

Mona Susanne Unterberger

Der Amelia Earhart Pfannkuchen

Wie müsste ein Pfannkuchen sein,
um Amelia Earhart zu heißen?
Womöglich vorm Reinbeißen
schon anders als von allen erwartet,
startet dieser eine Abkehr der Norm.
Er sprengt die Form und schaut über den Rand,
fliegt während des Wendens galant und erlangt
dadurch Ansehen, indem er länger rotiert,
noch schwingt, wo ein andrer an Höhe verliert
und landet am Ende doch wie geplant.
Oder nicht?
Wenn er sich am Weg in die Pfanne verliert,
so hat er andere Pfannkuchen doch inspiriert
und motiviert, mehr an sich selbst zu glauben
und sich andere Form als die Norm zu erlauben.

Jürgen Brôcan

oft muß man sich überraschen lassen,
wohin der Titel eines Gedichts führt

auch wollte ich seit langem eine Geschichte
schreiben, die mit dem Satz beginnt:

an einem blütenknallenden Apriltag
geschah etwas, das wir
für völlig unmöglich hielten

aber heute wachte ich mitten
in der Nacht auf und wußte genau:

der Amelia Earhart Pfannkuchen

ist ein so anschaulicher wie zynischer Name
für die bei einem Atoll im Pazifik
entdeckte neue Art von Platt- bzw. Zerschellfisch

was das mit Gedichten zu tun hat,
wage ich gerade nicht zu entscheiden.

2020

Tamara Labas

The Amelia Earhart Pancake

for
AE
RB
JM

She dropped her dreams into the pancake.
She didn't want to pancake. Now she dances
with Icarus.

20th December 2020

I. J. Melodia

Der Amelia Earhart Pfannkuchen
oder: *Anywhere on Earth*

Den Meridian durchbrochen
folgst du deiner Ideallinie
lässt den Tagesbogen hinter dir

Dein Leben umrundet von Taten
warst Mittelpunkt
dem Äquator gleich die Luft geteilt
im Sinkflug aufgestiegen

Dir zu Füßen das Meer
kletterst du aus der Zeit
in deine Erinnerungen
atmest ein den Salzgeruch
den Duft frischer Pfannkuchen
wie sie deine Großmutter backte
hörst das Rauschen des Funkgerätes

und dann nur das der Wellen

Martin Amanshauser

Amelia Earhart Pancake

Tokyo, 1976. So lange – jahrelang – hatte Richard Brautigan
ein Gedicht mit dem Titel *The Amelia Earhart Pancake*
zu schreiben versucht.
Er hatte ein Gedicht zu diesem Titel gesucht.
Er fand keines. Da schrieb er eines,
in dem er beschrieb, wie er keines gefunden hatte.

Heute im Strandbad Weissensee in Berlin-Pankow:
Die Sessel, die hier Stühle heißen,
sind mit Drähten – Drahtschnüren – an die Tische gebunden,
damit sie deutsch bleiben, nicht durcheinander geraten.
Gelbe und grüne Sessel, Stühle,
gelbgrüne Tische. Drüben ein Milchhäuschen.

Kind 7 versucht konzentriert,
die Drähte, Drahtschnüre
aus der Verankerung zu reißen, zu lösen.
Das geht nicht raus!, klagt es.
Ich rate Kind 7, es soll vorne am Tresen
eine Drahtschere bestellen.

Kind 5 fragt vier Mal,
was ich hier schreibe.

Kind 5 riecht aus dem Kindsmaul
nach einem Eis namens *Flutschfinger*.
Das Milchhäuschen steht am anderen Ufer. Ein Seecafé
mit der Aufschrift *Milchhäuschen*.

Kind 7 holt keine Drahtschere. Es fragt,
ob es auch Eisenscheren, Blechscheren gibt,
und ob es Pfannkuchen haben kann.
Es sagt *Fann-Kuchen*, wie die Deutschen.
„Ja“, sage ich, „kauf einen Amelia Earhart Fannkuchen“.
Kind 7 nickt. Es ist schwer zu verwundern.

„Dürfen Frauen rauchen?“, fragt Kind 5.
„Ja wo samma denn?“, fragt seine Mutter,
„im 18. Jahrhundert?“
„Nein im 19. Jahrhundert“, sagt Kind 5.
Ich erinnere mich, dass ich statt „Milchhäuschen“
jahrelang „Milchkännchen“ las.

Mir wird klar,
Kind 7 will keinen Fannkuchen.
Es will einen Flammkuchen.
Es will einen Amelia Earhart Flammkuchen
und ein Gedicht ohne The.
Ich muss ihm das alles noch sagen.

Berlin, 21.7.16

Ulrike Gschwendtner-Schütt

Der Amelia Earhart Pfannkuchen

... wolken in fett fein ausgebacken ...

Amelia in den Wolken
beim 100 Meter-Lauf
schneller als die Jungs
schneller im Rechnen
und schneller zu Hause.
„Amelia“, fragt die Mutter
„Was willst du essen?“
Das Mädel überlegt:
„Fliegende Pfannkuchen!“
„Was soll das sein?“
Da packt Amelia Daunenfedern
in den Teig der Mutter.
„Sie sollen fliegen -
aus der Pfanne, mir in den Mund!“
Amelia dreht sich in der Küche
tanzt um die heiße Pfanne
träumt vom Fliegen
wie ein Vogel
über die Schule hinweg
verbrennt sich an der
Pfanne, ist nicht schlimm,
denn Pfannkuchen können

fliegen, einfach in Amelias
Mund. Das braucht nur
Phantasie und Willenskraft
Amelia in den Wolken.

Simon Bethge

Der Amelia Earhart Pfannkuchen

Die Veganistin
reinkarniert in D.C., und
ein Tröpfchen Asche auf Stillers Herz
Leder, Seide, Zahnfleisch, das waren
sind
deine Erinnerungen
und rote Flügel versinken
gulf stream relicts
hättest du geahnt
nein,
das macht es ja so traurig.

Julia Marille Volk

Der Amelia Earhart Pfannkuchen

Einst war Amelia wahrlich bedrückt,
hatte sie doch schon lang keinen Pfannkuchen verdrückt.
Blieb nun einzig zu entscheiden,
– selber backen oder backen lassen – ja, was von beiden?

Ein schneller Blick in die Küche verriet,
dass es da Eier, Milch und Mehl bereits gibt.
So fing sie gleich an all das zu vermengen,
dazu ein Schuss Rum – vielleicht noch einer – um es ganz richtig zu nennen.
Amelia verrührte den Teig und dachte sogleich:
„Eigentlich bin ich im Leben sehr reich,
beschenkt an so vielem was anderen fehlt,
warum hab ich mich gerade noch gequält?"

Gedankenverloren tropfte der Teig in die Pfanne,
der Rest verweilte in ihrer grünen Lieblingskanne,
mit Blumen drauf.
Hörte sie auf ihren Bauch,
der nun gar nicht mehr hungrig war,
hungrig schon, doch anders, sonderbar.

Aus der Nachbarswohnung ganz plötzlich ein Husten,
hörte sie den alten Herrn Kohl wieder prusten.

„Der alte Kohl, wie geht's dem wohl?", dachte Amelia auf einmal wach.
„Ich könnt doch auch mal fragen nach!
Vielleicht kann ich ihn rufen,
zu einem Pfannkuchen?"
„Herr Kohl, Herr Kohl, Sie wissen wohl noch wer ich bin.
Ich bin Ihre Nachbarin!
Amelia Earhart ganz genau,
erlauben, dass ich kurz zu Ihnen rüberschau?"

Die Ohren gespitzt lauschte sie,
auf einmal war zu hören wie,
sich der Schlüssel in der Türe dreht
und Herr Kohl vor seiner Wohnung steht.
Amelia kurz angebunden,
doch gleich wieder ihren Mut gefunden,
schnappte den Teller duftend süß,
zog sich Schuhe über ihre Füß,
sperrte auch ihre Türe auf,
Herr Kohl der wartete bereits darauf,
sie lächelnd zu sich herein zu bitten,
was wären das denn sonst auch für Sitten?

So saßen sie, das ging überraschend schnell,
schwatzend und schmatzend an den Pfannkuchen am künstlichen Bärenfell.
Im Wohnzimmer des Kohl
und fühlten sich wohl.

Sandro Nicolussi

Der Amelia Earhart Pfannkuchen

Natürlich unterstütze ich dich.
Ach, nur ein Buchstabe Unterschied.
Charmant bezeichne ich sie als Gedicht.
Hör, Amelia, warum verschiebst du denn nicht?
Tisch mir doch bitte noch mehr davon auf.
Ich kann nicht mehr ohne.
Sie auch nicht, aber sie muss.
Ciao, Liebste.
Höhenflug.

Gelegentlich denke ich noch an ihre Pfannkuchen.
Irgendwo wird sie schon sein.
Berauscht von dem Gericht, das ich einst Gedicht nannte.
Tränen landen auf dem leeren Teller.
Schmecken nicht mehr.

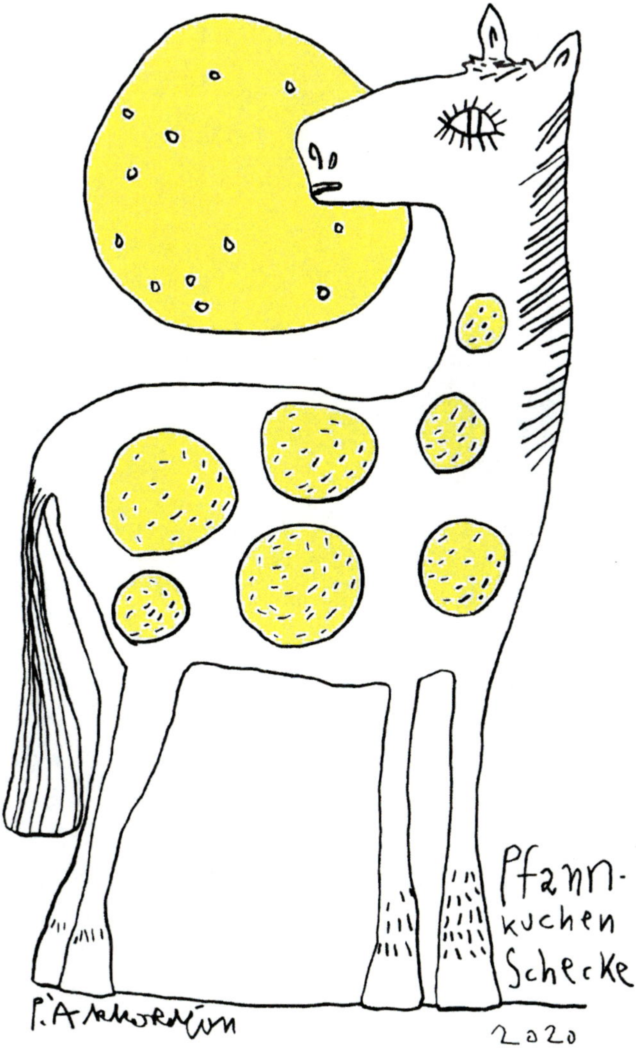
Pfann-
kuchen
Schecke
2020

Barbara Peveling

Der Amelia Earhart Pfannkuchen

du bist so dünn, durchsichtig fast
dich kann ich ganz einfach
um den finger wickeln.

du bist mächtig, unwiderstehlich
dich hat jeder schon gekostet
du lebst auf der straße, findest heimat in hütten
selbst in palästen bekommst du
ungehindert zugang.

oft rollst du dich ein, fliehst auf dich
selbstbezogen und leichtgezuckert
in einen noch weiteren, größeren himmel.

du sagst nation, sagst *sarassain*, sagst
süß oder salzig, du hast die hummel
im hintern, *l´âme voyageuse*
sagt man dort, wo du am zweiten
februar gefeiert wirst, darstellung des herrn,
heute noch, *chandelier*, vor allem
bauernregel schmücken den stein,
auf dem man nur dich brät.

ich werde nie aufhören,
mich nach dir zu verzehren
deinem lachen, ein schauer
in den gezeiten und deinem haar,
ein sturm auf dem meer.

sag mir nicht, ich habe
umsonst gelitten, sag mir,
alles kommt vom meer
und kehrt auch dort wieder zurück.

lass uns anstoßen, aufs leben,
die liebe vor allem, lass
uns uns noch einmal betrinken
wenigstens noch dieses eine glas,
maskenlos jetzt und
nur eines noch,
dann lass ich dich ziehen,
fliegen,
wie kinder ihre drachen
über dem meer,
nur ein schluck noch, *cidre*, mein *crêpe*.

Peter Spafford

The Amelia Earhart Pancake

Brautigan, you milksop. Who told you?
Who told you to give up? Faintheart!
Lack the spunk, did you? Or just fucked off.
Some of us powered on, searching, searching.
And look, I found it. Not, I admit,
where you might expect to find it,
in an alcoholic haze, on the summit of the mountain,
or cowering in code in another poet's journal.
But there, there! In plain bloody sight,
on a poster in the subway.
Fool, fool, I tore the damp thing from the wall
and the words dissolved like Egyptian treasures.
But I learnt my lesson and guess what, found it again:
the very next day!
written in bubbles in my foam bath. Brautigan, Brautigan,
where were you? All you had to do, all we ever have to do,
is wake in the morning and blink.
Now I find it every day, over and again,
read it in the wrinkle of wind on a puddle,
in the pimples on a lover's back,
in the braille of migrating geeze through gauzes of rain;
in the white spaces between the staves
in a book of quartets I bought in the market,

in the scrawl of naked branches across my velux.
It's a good poem, Richard, the only poem.
In its hopscotch syntax and blithe syncopations,
it tells all you need about
toast and the cool wisdom of silk, about love in a train,
and the eagle flying, like Amelia, out to sea.

Der Amelia Earhart Pfannkuchen
oder: *Stiller Ozean*

Gegen
Konventionen
glühen kein Ort des Flackerns lieber
the esthetic appeal of flying auf dem
Sprung sie komprimierte
Singularität nonstop
quite aware of the
hazards ihrer Leiden
schaft abenteuernd
früh raus aus den
Gitterkäfigen ihres
Geschlechts statt
Palatschinken statt
Waffeln statt zugetopft
am Herd stehend Flamm
kuchen zu backen war
zähwendig sie präzis verdrahtet wollte Technik wollte Aufbrüche üben
intensiv Verfunktes das emanzipiert und nicht bloß mitfliegen nicht Ballast
nicht ewig bloß Gepäck bleiben *like a sack of potatoes* stattdessen also
do it was hieß selbst fliegen derart drängelte *I had to* war das Risiko

wert obwohl unkalkulierbar
dieser Duft von Flugbenzin
das Dröhnen der Motoren
paradiesischer noch
jeder Flug rauf
ins Weite
ins Blau

David Hoffmann

Der Amelia Earhart Pfannkuchen – Proömium[1]

Oh Milia, Malilia, Amelia, flieg fort, flieg fort
Zu den rotierenden Atlantikpfannen
An den Säulen der Erde
In deinem Kuchen aus Duraluminium
Über die mit Ahornsirup verklebten Augen
Doppelköpfiger Weltpassagiere hinweg
Die weder wissen von der Süße deiner Speise
Noch von Bomben noch von Rosinen
Oh Milia, Malilia, Amelia, nimm mich mit, nimm mich mit

1 Es handelt sich hierbei um den Anfang des Hauptwerks *Über die Herde* (bestehend aus drei Teilen: 1. Proömium, 2. Zubereitung und Verzehr, 3. Metabolismus) eines Frühstücksphilosophen, dessen Name uns leider nicht erhalten ist. In dem vorliegenden Proömium kündigt sich die Flugreise des lyrischen Ichs an, auf die es von einer Pilotin — über die kulinarisch bekannte Frühstückswelt hinweg — mitgenommen wird. Da aufgrund des Vornamens „Amelia" angenommen wurde, dass es sich bei der Pilotin um die Flugpionierin Amelia Earhart (*24. Juli 1897 in Atchison, Kansas; verschollen am 2. Juli 1937 im Pazifischen Ozean, für tot erklärt am 5. Januar 1939) handelt, hat es das Proömium unter dem Titel „Der Amelia Earhart Pfannkuchen" Anfang des 21. Jahrhunderts zu einem gewissen Ruhm gebracht. Im mehrsprachig verfassten zweiten Teil stellt das lyrische Ich zudem über die ideale Beschaffenheit eines mit Eis und Schokolade zu füllenden Pfannkuchenstanitzels (Stanitzel: österr. für Eistüte) fest: „Das Ear hat die perfekte Form". Die klangliche Nähe von „Ear hat" mit Earhart ist somit ein weiterer Indikator zur Untermauerung dieser These. Der dritte Teil des Textes ist leider nur in Fragmenten erhalten. Das Werk bildet den Ausgangspunkt für die Überlegungen der berühmten Philosophin und Wortwerkerin Martina Teig, welche in ihrer eigenen Interpretation die Homonymie von *Herde* ausarbeitet und ein *hin-weg* als Möglichkeit dem Titel hintanstellt: *Über die Herde — hin-weg.*

Katharina Ferner

Der Amelia Earhart Pfannkuchen

oder: für a.e.

die titelgebende empfindung
ist manchmal unausweichlich
wenn wir also über das wetter sprechen
oder in kochrezepten eine lyrische betrachtung suchen
sind mir liwanzen immer noch die liebsten
wenn wir aber fliegen
einmal durch die lüfte geschleudert wie ein
(na ihr wisst es schon)
verzogen & vereist durch die aufbruchswinde
hüllte ich mich gerne in einen teigmantel
innen fruchtig
madame-fitüre

Maximilian Scheffold

der amelia earhart pfannkuchen
(flogs und sprach sich mürbe.)

verbrannt vom ozean gelöscht
verloschen
von orten verschwunden
allen
kein wort dafür
wo sie drin noch darunter
noch warm ihr teig
flog überm ozean
porös von strudeln das meer
zerschellt
das blubbern des pfannkuchens
auf heißem boden
noch nicht verschollen
noch tasten und ab und aufspringen
das kurze schweben über der pfanne
das brabbeln ihrer füße auf bald zu heißm boden
unds meer ihr ausm mund
gelöscht
flogs wort übern ozean
wie schollen von den augen
und war die erste
und versank

und verbrannt
ihr wort dafür
flogs und sprach sich mürbe
kein pfannkuchen mehr
im verloschnen mund
vermutlich
auch kein ort
wo brabbeln und blubbern
nichts knetet noch festigt mehr
ihr
bloß ozean
auf leeren magen
und rauschen im geschlossnen mund

2020

Miriam V. Lesch

Der Amelia Earhart Pfannkuchen

Mit meinem Bruder backen
chinesische Palatschinken
neunundneunzig
oder

Sind es japanische gewesen?

Auf Landkarten ziehen
wir deine Spur
mehlig-weiß:

Lae
Honolulu
Rangun
Londonderry
Kalkutta
Miami

powder puff derby
all along
wo
du auch bleibst

Howland Insel

weit draußen Silhouette
deiner letzten –

Stefan Schmitzer

Der Amelia Earhart Pfannkuchen
oder: *allem enschen wedern bürder*

die aufwinde sind aufwinde
[erste launige pfannkuchenpfannkuchen aus wikipedia abschrei]
die weltkugel ist soundso groß
[zawette lannige pfannkuchenpfannz aus wikipedie schreib]
die sist die anzahl der löngengröde und briteten
udn tragst abritätr paar tsahelnkombis in das taschentaschenbuch
ud [daritte laun ofannkuchenekdote abschrieb wikipe]
machst aus den zahlenkombis nadeln innen leib der karte
die karte hat keine aufwedinde weil die katarte ist kein territorium
aber die weltkugel hat aufwinde
unter jedem arbittr punkt auf derer kugl ist ein saachbvahaltt
und dinned menschen
und wenn nicht sinnd menschen ist einzugsgebiet voinein em staate
    auf einem insele
ist eine linnjeje eine gedachtje auf der blauebn windlosen blala
gekört der punkt zu einem territor
da menschen seind
und alle menschen haben pfannku
[hier die drei wäöhungen der launiben sachverhälnisse aus wikipe
    zusamemnziehn

also sagen
richtig SAGEN
und das bedeutet dann was
richtig WAS
also sagen

nicht
„alle menschen haben pfannkuchen"

sondern
„alle menschen haben {das vokobabel aus der erste laubigen
wikipepe zu pfannku}"
„alle manen haben {zweiten wippipfediakannkuchen}"
„{dirtten} sowieso gerade hier an dieser stelle wo die nadel in
dem leib des globusses
nippelt"

und das beDEUTET
dann richtig was
also WAS]

so hypnierten uns die aufwinde
als wir aus der kneipe ans licht
und die aufwnaide waren aufwnaide
und der himmel hoch da komm ich

wir geingen wo HIN
und bedeuteten WAS
und an der wand hing ein himmel.

Erika Wimmer Mazohl

der amelia earhart pfannkuchen
oder: schönes geschlecht amelia

ein kanarienvogel / named sweet
canary / der zweisitzer cockpit
sperrangelweit offen / der käfig /
den zu verlassen sie sticht
in die lüfte / voltierend gewölk
oder sturmgleich überm atlantik /

mutentbrannt altem entkommen /
den fängen des vaters des trinkers /
gekettet doch achtung an mütter
so staubig wie good old amy /
die bindung verlangen an kuchen
desgleichen mit pfannengeklapper
den herd den brunnen umkreisen /
am ende fabrikneu verkommen
zur barbie / spiel mit / sweet baby /

hey lady so grand / hast augen
wie meere und lippen wie früchte /
bis endlich du fliegst / fliegst höher /
entgleitend und tröpfchenumtost /
der rufzeichen ströme ins meer /
signale die klopfen / noch heute...

Philip Krömer

Der Amelia Earhart Pfannkuchen
oder: *lockheed .44*

richard liegt mit blick auf den ozean
einen monat tot bevor man ihn findet
    dies ist mein stetson das mein revolver
    ein klopfen an der tür ! er drückt nicht ab
        (suizid 1984)

amelias wrack liegt fünf kilometer tiefer
ihr skelett fest in den sitz geschnallt
    und doch befreit sie sich zugleich
    als überlebende ! aus japanischer gefangenschaft
        (absturz 1937)

ein unwahrscheinliches treffen
aber wie weit würdest du gehen
    um aus gewissheit wieder hoffnung zu machen
    er öffnet einer alten dame
        (niederschrift 1970)

what's for dinner darling
was gibt's zu essen

Sandra Hubinger

Der Amelia Earhart Pfannkuchen

Dear R. B.,
ich kann keine neue Form finden
für diesen Teig. Vermenge Eier mit Schmalz, auch Salz
übers Jahr lediglich ein Pinselhaar,
setze die Fliegerhaube auf mein Frauenhaar,
setze mir Wörter auf und Buchstaben ein und
Sätze um Sätze,- aber der Teig geht nicht
auf.

(Rotten Egg Nebula 12/31/2020)

Julius Handl

Der Amelia Earhart Pfannkuchen

Gedanken an dich morgens
im Teig verloren so ganz
unwiederbringlich wie
du und dein Navigator

Beim Zischen der Butter
den stotternden Motor
über Salzwasser verteilt
wenig Fett auf große Pfanne

Die goldbraune Kruste glänzte
im Sonnenlicht wie deine
Electra 10e und Wespen
brummen gierig um den Teller

Fertige Rettung mit Sirup
beträufeln, du bist mit
am Tisch ganz bescheiden
unter deiner Fruchtkrone

2020

Andrea Karimé

der amelia earhart pfannkuchen

oder: *pfannkuchentuch*

im pfannkuchentuch
läge madamm genäht
ein ohr hart ein ohr herz
und harz das düften
von fäden und dichten
und schichten wenden
im öhr ein eye

Danilo Pockrandt

der amelia earhart pfannkuchen
an amelia m. earhart
(nach r. brautigan)

mary ich hätte deinem
flug gern nachgeschaut zu
fällig vom fenster aus
dabei vielleicht zu lange
in die sonne hätte
beim abwenden ein nach
bild bemerkt einen hellen
fleck im küchenraum viel
leicht die pfanne vom
vortag gestreift und darin
tatsächlich ein pfannkuchen
phantom

der amelia earhart pfannkuchen
pfannkuchen nacht
(nach richard brautigan)

bin viel zu spät
erst fertig geworden
trafen uns beide in traum
tiefen wieder hätte
gern noch kurz geschnuppert
einen kummer klein ge
rochen ähnlich glitt
er weg

Sigrun Karre

Der Amelia Earhart Pfannkuchen

licht brennt auf howland island
immer hat es mit licht zu tun
& mit luft
fahrwasser der phantasie
EINE luft
EINE phantasie
weibliche zumutungen für das suchen nach
ANHALTspunktEN für verBINDUNGen

wirklichkeit ist die behauptete verbindlichkeit auf widerruf
reflexion eines lichtstrahls
der für einen moment auf eine welle trifft
die ozeane gehen über und über von sich

man nehme einen zyklus aus
pflanzenstaub
milchdrüsensekret
eizellen
schweiß
müttern
sonnenlicht – im herd domestiziert, elektrisch
das tischtuch
ein platzsparender himmel

rückseitig auf schwindelfreiheit gebügelt
verliert faden um faden
rotes meer
wir sind lineare produkte der zeitindustrie
bandoeng
werfen unser spiegelbild voraus
neu-guinea
und zurück
calcutta

was nehmen wir wahr?
mehr informationen
ein flackern im pazifik
ein häufchen asche am strand der phoenix-insel
nikumaroro
signs of recent habitation
mehr und mehr informationen

keine verbeugung vor der deutungshoheit
die verschwindende legt zärtlich einen finger auf die lippen
des beweises
pioniertat:
unsterblichkeit ist eine andere geschichte
alles andere bleibt geheimnisvolle totale

Jakob Kraner

der amelia earhart pfannkuchen

geht das licht aus, gehör ich dir, maschine
du kippst mich nach hinten, so nachdrücklich
spüre die spannung am trommelfell
hastiges nesteln, suche nach airwaves
wenn äcker vertikal im fenster stehen
stich von sehnsucht nach einem harten ohr
ich zage! bloß keine gröbere physik
gib mir deine süße convenience
bis gummi wieder boden fasst und quietscht
und das schnallenklicken anschwillt
bin ich klein, begnüge mich mit traum
vom frühstückmachen für eine wie A.E.

Elisabeth R. Hager

Amelia Earhart Pancake

Die Zeiten,
in denen du als Feministin
nicht kochen durftest
sind vorbei

Ich stehe also am Herd
meine Füße auf den abgewetzten Stellen,
die die Mutter, die Oma, die Uroma dort hineingetreten haben
Ich schleudere Palatschinken in die Luft
& denke an Amelia Earhart

Sie sagen: Das Monster wird am Ende getötet
Sie sagen: Die symbolische Ordnung bleibt intakt
Sie sagen: Amelia Earhart starb im Südpazifik
Ich aber schleudere meine Palatschinke in die Luft
& ich weiß: Sie klebt noch immer am Plafond

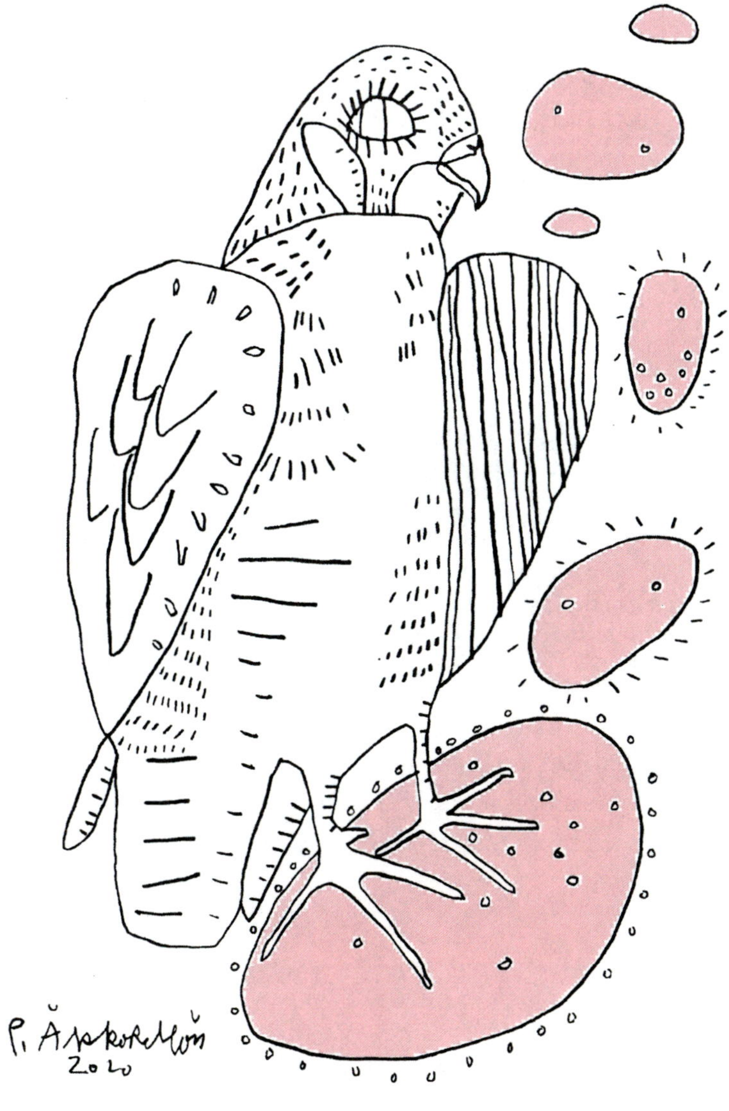
2020

Herbert Hindringer

Der Amelia Earhart Pfannkuchen

Oder: Dieses Gedicht würde ja gern hier stehen

Aber wenn dieses Buch im Regen steht
steht das Gedicht eben auf Maria Callas
nicht auf dieser Seite, auf ihrem Rücken
der ein riesiger Vorhang ist, der letzte
vor dem Abgang, auf Abruf zwar

aber immerhin, oder hast du das Buch
benutzt um Insekten zu erschlagen? Oder
haben Herzchirurgen das Buch eingenäht?
Dann fällt es zu Boden, drei oder zwölf
Stockwerke tief durch Wohnungen

ohne Bücherregale, in dieser luftigen
Gegend lebt ein seltsamer Vogel, in dessen
Gesang wird dein Kopf aufbewahrt, also
mögest du nicht schwindeln oder wirst du
auf den Straßen von einer Horde Nazis gejagt?

Wie solltest du ein Bücherregal kaufen
so in Eile und abgelenkt? Es steht hier also
ohne Folgen: das nächste Gedicht könnte
dein Leben wirklich verändern, es könnte
hier auch stehen: eine Packung Eier

aus freifliegenden Hühnern, Beethovens
Siebte minus Brahms Dritte, 15 Socken
und 7,5 Badehosen, vielleicht bist du auch
nur Zähneputzen und gleich wird alles
wieder gut und du weißt nicht einmal mehr

zu sagen,wie dieses Gedicht angefangen hat
blättere jetzt um
dein
Leben
!

Lea Schlenker

Der Amelia Earhart Pfannkuchen

Zu Beginn
da hatte ich einen Vater und eine Mutter
eine Auswahl an Stofftieren
ein Geburtstagsessen bei McDonalds
und wenn da Spinnennetze in den Decken meiner unzähligen
    Schlafzimmer waren
dann sah ich sie nicht so genau
Später
hatte ich eine Mutter und fünf Geschwister
mit roten grauen schwarzen braunen und goldenen Haaren
Amelia
Das war sie mit den roten
Sie war nett und lud alle ihre Freundinnen
Immer zum Frühstück ein
Und der Ahornsirup ruinierte all ihre Manuskripte

Stan Lafleur

Der Amelia Earhart Pfannkuchen
(Kalligraphische Inschrift in
fliehenden Buchstaben auf)
Sabiha Gökçens Gözleme

Eine Krähe, ach was, eine Krähe
die fange ich dir mit der Hand
aus dem Flug. Menschen krähen
selber wie Krähen, krähen eher
wie Krähenmenschen, Menschen
im Flug. Fliegen, als wüsste wer
was das sei, fliegen. Fliegt was
fliegt's durch sich selbst, bindet
Zeit an Schwere und Losigkeit
als flöge nichts, unfangbar frei

Eva Brunner

Amelia Earheart Pfannkuchen

immer wieder habe ich versucht
den Geschmack meiner Kindheit
wiederzufinden

er bleibt verschollen

Vollkornmehl, dünne Apfelstücke
Honig statt Zucker verbinden sich
zu etwas anderem

die Wahrheit fehlt

Pioniergeist fehlt, absoluter Wille
Wunsch nach Weltveränderung
die totale Überzeugung

sind abgemildert

Thomas Eichler

Der Amelia Earhart Pfannkuchen

Der Pfannkuchen
    wird
dann fluchen
    wenn
er ver brennt
    weil der
Koch pennt

Könnt er
    fliegen
wäre er
    fort
ich hätt
    geschwiegen
und er wär
    schon dort

Caca Savic

Der Amelia Earhart Pfannkuchen
oder: *AEs Spektraltektonik, sonic*

soll der Graben sich aufkratzen vom Grund
und in Vitrinen ausstellen dein pionierinnenhaftes Schiff
ausgehöhlte Mitte im Rund unterm Radar unter
Messbarkeit im Atmosphärennebel
Berichte deiner Unabhängigkeit als mit
der Strömung die Wetter reitest
verdrehst die Fährten wie ungefährter Kartenleser
nah am Nacken seiner Wackellaute
du aus Kiefersperren oben und unten übersetzt
meeresarchäologisch Kondensstreifen
alte Fahrerin eilige Kämpferin im uphill
im sound kehliger Entzug von Luft
um deine Sicht um einen Fixpunkt
da entspringt niemals mehr die Karibik

Henning Kreitel

Der Amelia Earhart Pfannkuchen

Bedenken
der Gefahren bewusst
sein, zu trotzen, es trotzdem zu tun:
das Wenden eines Pfannkuchens

im Versagensfalle
eine Herausforderung für andere

Anke Bastrop

Der Amelia Earhart Pfannkuchen
oder: *Vom Verschwinden*

The sky is not only above our heads.
It extends all the way down to earth.

Yoko Ono

Ich sehe dich in *the canary*, *Kinner Airster*, deiner ersten,
ziehen Richtung Licht, aufgelöst
in zarteste Teilchen. Der Himmel gepudert mit dir …
So bleibst du mir, Amelia. Steigst frühjahrs erneut mit
den Gondeln des Löwenzahns auf in die Luft – höher
mit Hummeln, Hornissen. Ich sehe dich aufreißen vor
Lachen. Sehe Grenzen verschwinden in dir. Sehe dich
schlucken. Die aufsteigende Sonne weiß von dir, singt
von dir, jeder Pancake, wenn er sich dreht in der Luft,
jedes gelbe Wort, das saltiert.

Vinzenz Fengler

Der Amelia Earhart Pfannkuchen

Ich hatte die Pfanne im Alleinflug,
und in Damenschuhen, überquert.

Danach schien der Mond
wie ein fettiges Gesicht in meiner Suppe.

Löffle heute noch dran.
Für ein Gedicht ist sie zu trocken,
sagte der Kuchen.

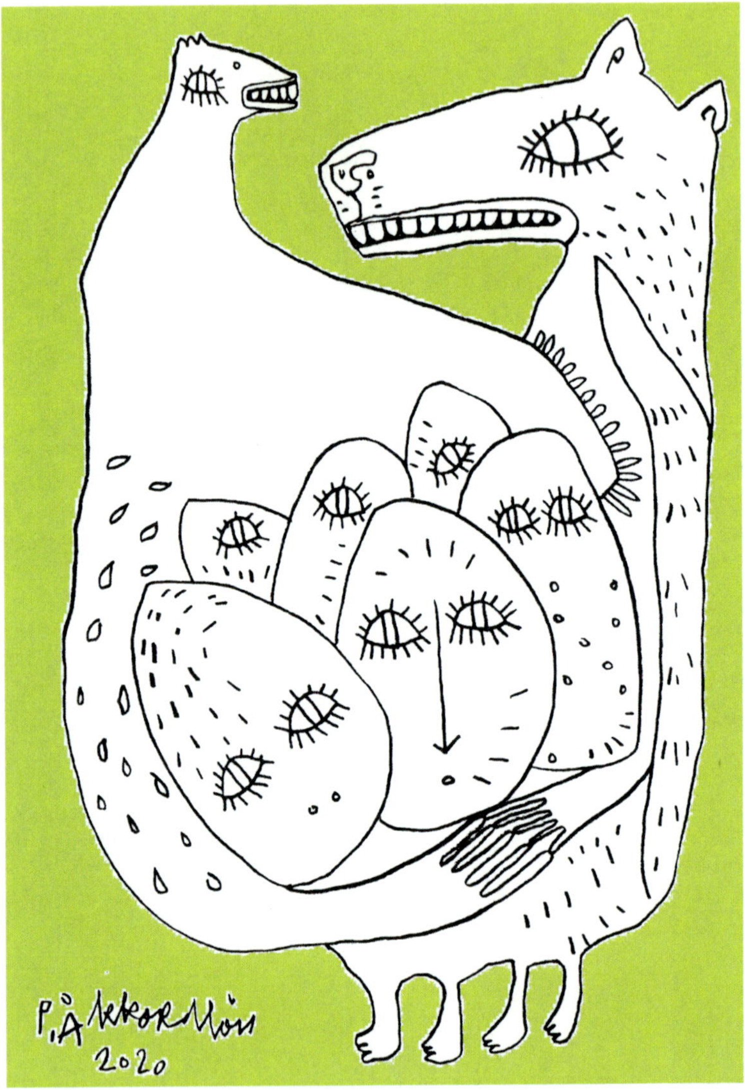
2020

der amelia earhart pfannkuchen
oder: wiederkehrende ereignisse am 2. juli
(in memoriam amelia earheart)

es beginnt damit dass der pazifische himmel blautöne
fallen lässt allmählich erbleicht dass die nervenbahnen
der wolken vibrieren in unruhigem flirren flocks of sea
birds in den lüften kreisen die fregattvögel sich bereit

halten mit ihren kehlsäcken so rot wie ein auswärts
gestülptes herz und der wind polytonale ghostsongs
spielt auf der ozeanorgel dass selbst die königsfische
abtauchen furchtsam in die tintenblauen tiefen als

weit oben fernes brummen aufsummt immer tiefer
ein geflügelter schwarm nikumarorowaspsound on
july 2nd again and again im palmenurwald schweigen
die blätter verschmelzen die zeiten in blauen lagunen

ripples of time in den riffen verwirbeln zwischen den
schmetterlingsfischen sich ausbreiten bis into the sky
in einer zeitschleife die lockheed electra fliegt ewig irrt
umher im wolkenlabyrinth no howland but a big howl!

der unermessliche ozean wasserwüste wasserewigkeit wasserletzteheimat
die ewigen jagdgründe der blacktipsharks   das kreischen der sturmschwalben
die lauernden scheren der krabben das knistern im äther
spooky funksprüche:
can you read me … will have to get out of here …

der böse zauber der atollgöttin   the nei manganibuka spirit

verhexte seekarten veschobene zeitzonen no fuel das
falsche electragebet amelia du hättest im leisen kanu
kommen müssen no lucky lady lindy die ahnin der bukat
trees mag keinen lärm *high water all around* sie
versteht sich nicht auf celestial navigation
oder sie sehnt sich nach der
gesellschaft einer luftgöttin

die muschelschalen sind leer und da ist kein
einziger pfannkuchen um den hunger zu stillen

send us help …

die doktorfische und die engelsfische
kommen zu spät sie können nichts
ausrichten gegen die
barracudas
des
schicksals

can you read me
can you read me

Michael Augustin

Der Amelia Earhart Pfannkuchen
oder: *Iowa City, Oktober '84*

Das Amelia Earhart Deli
war unser Lieblingscafé

Da hockten wir jeden Nachmittag
tranken Tee
schrieben Gedichte und lasen Zeitung

Richard Brautigan ist tot
sagtest du
er soll sich erschossen haben
steht hier

Am Drink
den ich darauf bestellte
nipptest du nur

Das ist bitter
sagtest du
und meintest den Whiskey

Stimmt
sagte ich
und meinte den Tod

Später teilten wir uns
Pfannkuchen mit Ahornsirup

Ich dachte
mir fliegen die Plomben raus
so süß war der

Judith Nika Pfeifer

der amelia earhart pfannkuchen

ich habe amelia earheart
in toulouse in die marmelade
meines crepepapiers gemalt

***

stell dir amelia vor
wie sie ein loch in den himmel fliegt

stell dir richard vor
wie er es mit einem pfannkuchen zuklebt

wie ihm dieser an die stirn klatscht
und richard: ein gedicht findet

***

in feierlaune
so mikroskopisch die gedanken
mal überfliegen die vielen
abstürze legen wert
auf den letzten
obs denn einer war?

Martin Piekar

Der Amelia Earhart Pfannkuchen

Ich weiß auch nicht, wo du gelandet bist
Ich dachte, ich hätte nur einen Pfannkuchen gewendet
Jetzt ist die Pfanne so leer
& ich weiß nicht, wohin mit mir
Ich hab schon hinterm Herd gesucht, an der Decke
Unterm Bett sogar, ich meine: unterm Bett
Es gab gar keinen Grund dort zu suchen
Kann nicht sein
Ich meine einfach so verschwinden
Wohin weiß ich nun wirklich nicht
Halte die Pfanne & merke
Das, was nicht da ist, ist genauso wichtig

Michelle Steinbeck

Der Amelia Earhart Pfannkuchen
oder: *jahr ohne flugangst*

und an diesem knackenden krisenherd
haben wir morgens kein brot
güterabwägung
und du machst pancakes
abends schauen wir nun amerikanische serien mit viel gewalt,
dazwischen erholen sich killer und cops im diner, daher
und aus dem hintersten winkel des kühlschranks holst du ein glas, das
ich längst abgeschrieben habe
gutgelaunt tropfts vom löffel
keine spur von schimmel oder gär
und du erzählst vom sommer und einem garten aus dem diese kirschen
sicher nicht sind sage ich
die bäume dort sind alt und die paar früchte wurmig und die amsel
stirbt auch aus
aber die kirschen aus dem glas sind richtig gut
besonders noch mit sahne
und wir braten weiter obwohl uns schon schlecht ist bisschen
und im sommer sage ich mit rahmcakezunge
wirds wieder gut, frische syringes
fast nicht mehr lang hin
dieses jahr bin ich nie geflogen
und du?
ich schon, einmal

Jakob Schneider

Der Amelia Earhart Pfann-kuchen

Teilend erreicht mich endlich,
Im sagend-haftenden Moment,
Die namensgebende Erkenntnis
Gelobt sei ihr erster Advent

Nicht durch Teig sondern durch Wort(e)
Drang das Messer – hoffend Wahres.
Nicht mehr beides Wort am Ort(e)
Fand der Wisser Offenbares.

So wie ich und viele andre
Bist du fortan eingeweiht
Ihn zu wenden und zu teilen
Diesen Kuchen in der Pfanne.

Anmerkung des Autors: Dieses Gedicht muss man uU mehrmals lesen, um es zu verstehen – und genau darum geht‘s in dem Gedicht eben auch.

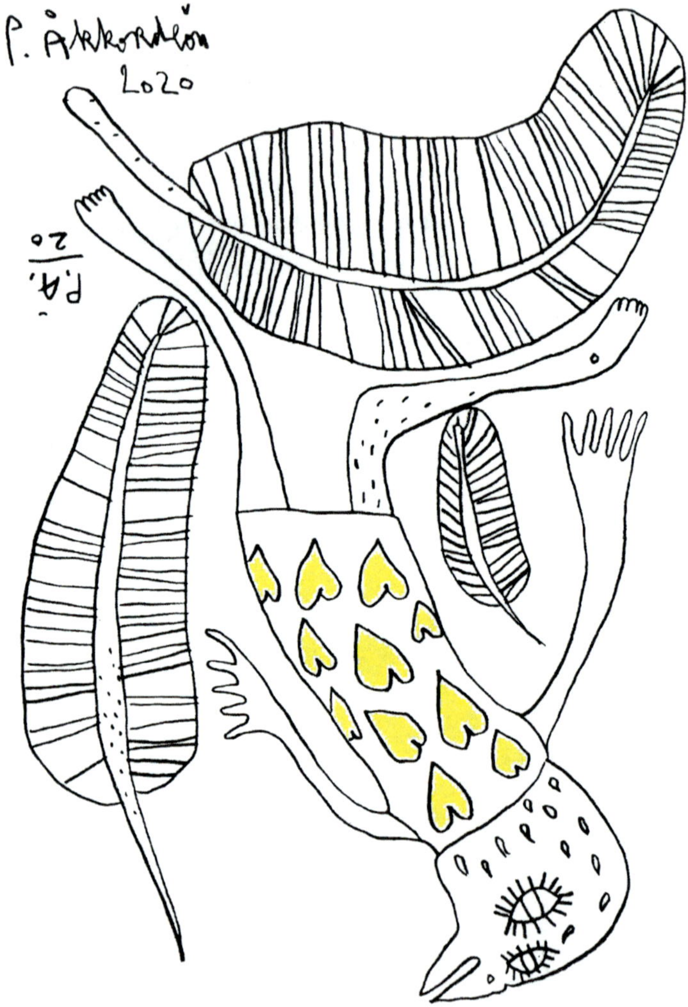
2020

Astrid Nischkauer

Der Amelia Earhart Pfannkuchen

I want to do it because I want to do it. (Amelia Earhart)

hochfliegende Träume
sehr viel Mut
einen Sturschädel
keine Höhenangst
großes Durchhaltevermögen
Pazifismus und Frauenrechte
der Duft von Motoröl
das Knattern der Propeller
eine Fliegerhaube
eine Fluglizenz
ein Flugzeug (z.B. The Canary)
das Wissen, dass über den Wolken die Sonne scheint
einen geliebten Lebensmenschen, der einen noch größeren
Sturschädel und ebenso viel Durchhaltevermögen hat

sind all diese Zutaten im richtigen Verhältnis vorhanden,
musste eine Frau auch vor rund hundert Jahren keine
Pfannkuchen backen können, um respektiert zu werden.

31. Dezember 2020

Gerald Jatzek

The Amelia Earhart Pancake
based on an idea of Richard Brautigan

After the last sip of tomato juice
the clouds looked like white scrambled eggs

above the tiny island.

At night, a pancake crossed her mind.
She looked at the moon and calculated the journey,

far ahead of her time.

Friederike Overweg

Der Amelia Earhart Pfannkuchen

Ich war einfach unfähig,
für obigen Titel ein Liedchen zu finden,
so strebsam und zäh ich
mich mühte im Kommen und Schwinden
der Jahre. Nun gebe ich auf zu suchen

(nach R. Brautigan)

Der Amelia Earhart Pfannkuchen

Mister Brautigan
Buk
Pfannkuchen für Amelia's
Flug
Wollte ihn ihr überreichen
Den Kuss
Empfangen und ihr nachweinen.
Dies oder dergleichen
Muss
Miss Earhart in ihrem kleinen
Kämmerlein geahnt haben

Auch wenn
Sich kaum Beweise dafür finden.
Sie flog davon ganz ohne Last und Gaben
Denn
Sie glaubte, sie könne von ihm unbeweint verschwinden.
Und irgendwie
Behielt sie damit Recht:
Dem Mister Brautigan
Verschlug es die Poesie.
Wenn er um sie geweint hat
wäre das Ironie
denn er wurde geboren
zwei Jahre bevor
Amelias Spuren sich verloren,
wodurch ihr Gatte seine Frau verlor.
So ist der Pfannekuchen, den er buk
womöglich ausgedacht und einfach nur
Betrug.

Adrian Kasnitz

Amelia Earhart Flinsen

Auf (ab)
gebe ich jetzt denn eins suche ich
seit jahren / ein titel für dies
gedicht (gericht) ((gesicht)) /
nicht möglich sich zu entscheiden
zwischen pfannkuchen (gericht) ((gesicht)) und fliegerin
zwischen flugkurve und murphy's law
bruchlandung / apfelseite

Barbara Pumhösel

Der Amelia Earhart Pfannkuchen
ist unser Lieblingsdessert
und deshalb protestieren wir
gegen seine Umbenennung in
Mitzi Pospischil Palatschinke.

Peter Hauff

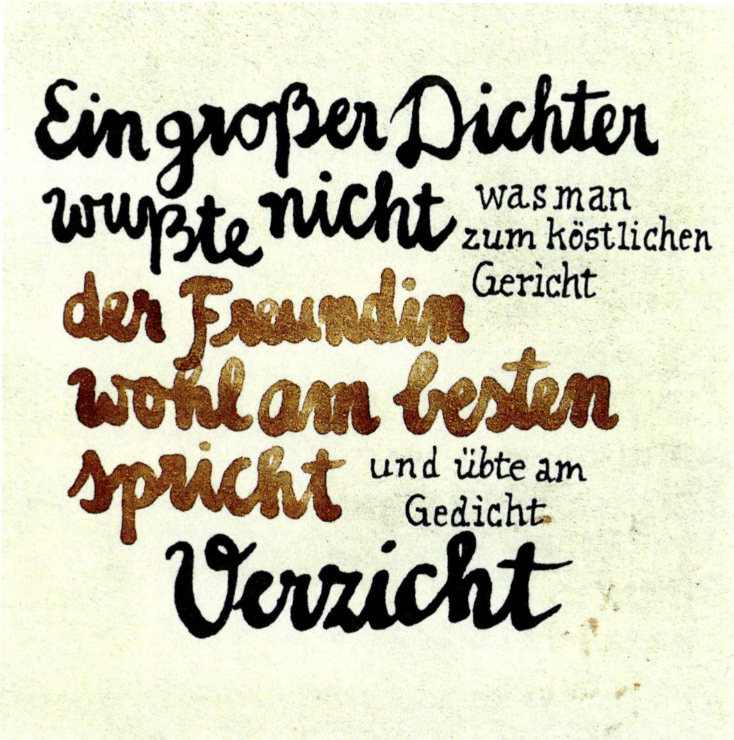
Ein großer Dichter
wußte nicht
was man
zum köstlichen
Gericht
der Freundin
wohl am besten
spricht
und übte am
Gedicht
Verzicht

Helene Proißl

Der Amelia Earhart Pfannkuchen

sich abwenden mit der zeit
verliert sich auch die größte suchaktion
im meer queen of the air
und ich kann nicht mehr hinatmen
einatmen kerosingeruch
in der küche längst verflog
mit gerüchten
verfalle
ins eigene teflon
darin jetzt zu rufen versucht
BEEN UNABLE TO REACH YOU
schau nach oben
bis der nacken schmerzt captain
schau hin
bis dir das öl aus
den augen spritzt kannst
nicht anwenden
blähst dich
wie eine kohlige fieberblase

Timo Brandt

Der Amelia Earhart Pfannkuchen

Du konntest einfach kein Gedicht
finden, dieses Titels würdig. A little
inspiration für uns, die wir in Titeln
zu denken gewohnt sind.

Kein Gedicht zu jenem Gericht.
Aber zur „Landkartendusche“ und
„ich würde nochmal zurück durch die
hölle gehen, um deine mütze zu holen“,
„Betty macht wunderbare Waffeln“ oder
„Jetzt kommen unsere Körper
doch zusammen“.

Du konntest einfach kein Gedicht
für diesen Titel finden. Wir
haben es versucht. Niemand weiß,
was die Erfahrung wert ist. Aber
es ist besser,
als auf seinen Händen rumzusitzen,
nicht wahr?

Angelika Stallhofer

Der Amelia Earhart Pfannkuchen
oder: *Morgenflug*

Lass mich schlafen
lass mich abwesend sein
lass mich liegen

rück mir keinen Sessel zurecht
deck mir nicht den Tisch
überleg dir keine Fragen

lass mich allein
lass mich fliegen

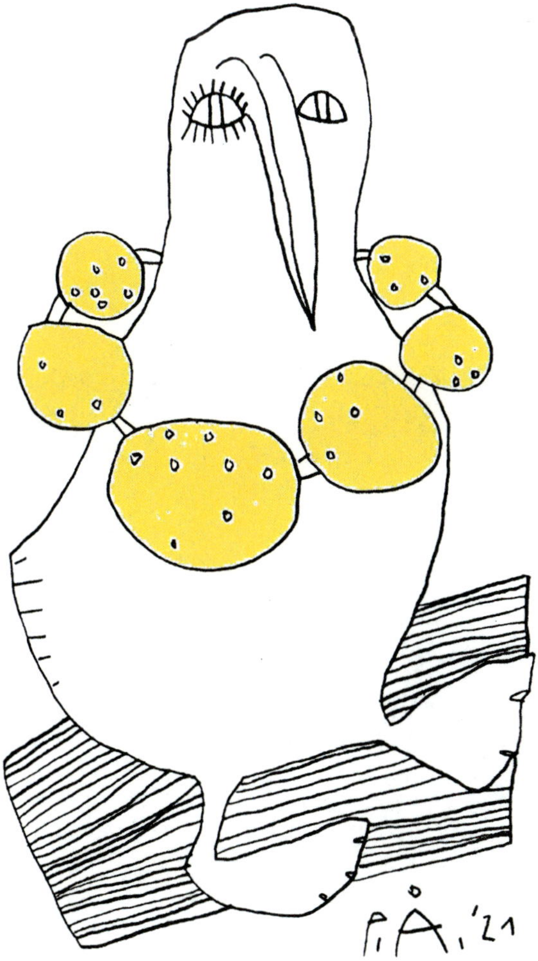
P.Å.'21

Bianca Körner

Das Amelia Earhart Pfannkuchen-Gedicht

Weißt du, dass wenn Wasser im Meer gefriert, sich kleine Eiskristalle an der Oberfläche bilden und dort verklumpen?

Weißt du, dass wenn der Wind einen bestimmten Wellengang verursacht, die Schichten aneinanderstoßen und sich verdichten zu größeren, dünnen Eisscheiben?

Weißt du, dass man diese Erscheinung Pfannkucheneis nennt?

Glaubst du, dass sich auch eine Naturgewalt wie der pazifische Ozean erschrocken hat, als Amelia Earhart über ihn abstürzte?

Glaubst du, dass das Wasser vor Schreck erstarrte und sich die tausend plötzlich gebildeten Eiskristalle durch die Wogen des Aufpralls zu runden Eisplatten formten?

Glaubst du, davon könnte das Gedicht „Der Amelia Earhart Pfannkuchen“ handeln?

Katharina Kohm

der amelia earhart pfannkuchen
oder: *ausbacken*

flüssige rohlinge,
suppenähnlich
abgeschöpft in kellen
handgroß
kleinste nenner
autarken gefühls
ausbacken,
weder brot noch kuchen,
ganz
auf feuer gelegte
autonomie, flüssig wird
manifest
mit wenig aufwand
selbstgemachtes,

kleiner triumpf in pfannen
beim wenden
widerstand, ein kleines trapez-
kunstwerk in der küche,
wenn es glückt

heimeliges werkeln
wie dichten
geht egalitär durch mägen
weltlang, zu wünschen!
gerollt wie gefaltet, salzig
bis süß; ein herz
haftes stück existential

finger-werk
bei jeder und jedem
und allen schmeckt
es jedesmal anders

basale nahrung
in faltungen, kleinsten
kreisrunden notwendigkeiten,
ausgelegte rezepte

knistern
als eigentliches gold
zwischen hungrigen
fingern

Seda Tunç

the amelia earhart pancake

in that afternoon of that new year's eve
amelia is leaning on the wall
with eyes half closed

two acquaintances walk by,
she hadn't seen a while,
and both men ask her
what she cooks tonight?

she says pommes.
they laugh: you could at least make the sauce yourself?
why, she asks,
make things complicated?

they have to catch a third person
in an apartment, so off they fly.
coming back home, followed by the coldish december light,
amelia ends up cooking sausages instead!

watching them in the pan,
she is happy for a while:
planning to cook pommes
and not having them:

feels strangely exciting
for the year coming by

Verena Dürr

Der Amelia Earhart Pfannkuchen

Warum hat mir damals in der Schule niemand von
Amelia Earhart erzählt?

Frechheit!

Ich protestiere!*

*Pfannen werden geschlagen im Takt

Wie hätte ich denn wissen können, dass es im
Nachhinein betrachtet gut gewesen wäre, über Amelia
Earhart Bescheid zu wissen?

Wahrscheinlicher wäre gewesen, dass man mir von
Brautigan erzählt, von seinem ungeschriebenen Gedicht
und so …

Nein, nicht so!

Ich protestiere!

*Pfannen werden geschlagen im Takt

Wir können die Pfannen schlagen, weil ein Vintage-Pfannkuchenautomat der US-amerikanischen Marke *Vendo* aus dem Jahre 1955 in unserer Küche steht und uns die Pfannkuchenproduktion abnimmt.

*Pfannkuchenteig wird geschlagen im Takt

Margarete Schütte-Lihotzky im Radio:

„Es war nie eine Küchenfrage. Die Küche ist nur das was übrig geblieben ist"

Frechheit!

Ich protestiere!*

*Die Pfannen schweigen. Die Maschine ist kaputt. Man muss rechtzeitig aufhören, mit den Gedichten, den Pfannkuchen, der Fliegerei.

Jacqueline Weihe

der amelia earhart pfannkuchen

P/P
meldung bleibt
leere
wenn ich
finden versuche
rate
starre auf schon/schön gespannte
flügel blicke
um all dies
neebelmeerige
um all dies
P/P
küste die keine
rettung
wenn ich
sinken versuche
halte
halme ragen/tragen durch
zeiten löcher
in all dem
schaum
in all dem
P/P

Tanja Langer

The amelia earhart pancake
Or: *Amelia Earhart, my Dad and me*

What has a cake made in a pan
To do with a woman in a plane?
No man never knew
But my Dad took me to town
Showed to me a huge hotel
It's named Amelia Earhart
A milion ears and heart
I said – I was about four or five –
She was a famous pilot he said
When we had some Wieners
Right en face
Wieners at Wiesbaden's Futterkrippe
Admiring Amelia Earhart's size
No man no pan no cake
Gimme five Dad said
Or ye' d rather like some
Ketchup?

My Dad had been a pilot too
landing less famous
in burning Breslau
at 17 keeping a scar
from World War II.
No man no pan no cake
I' d rather like some -

Marlen Schachinger

Der Amelia Earhart Pfannkuchen

… und rühren an Zeiten …

Am Schreibtisch: die Milch winterlicher Kälte,
doch drumherum ein Zimmer, mir allein; darüber
die Weite. Rotgolden flackern Flammen im Ofen,
wird bald wieder wärmen, das Feuer – dottergelb;
noch ruht die Stille: sie nährt, sämig
am Wintermorgen, und die Welt schläft.

Vor dem Fenster: weht Neuschnee auf, fächert sich
vor kahlen Rosen, im Feigenbaumgeäst ein Vogelpaar;
selbst um diese frühe Stunde
leuchtet der Hagebutten Rot, blutige Tropfen im Raureif,
erzählen von einem, der sich hindurchdrängte,
an die Allmacht seiner Hände glaubend.

Da ist keine Uhr an der Zeit: Alles kehrt wieder – wozu dann Nachtwehen
Raum geben? Lege Feuerholz aufs Glutbett, leis rieselt
Aschenmehl auf Silben, die zu oft gehört. Wer sagt:
„das kannst du nicht“, meint in Wahrheit: „ich will nicht, dass du kannst“,
und schließt die Tür.

Dabei stünden doch immer alle offen, teilst du den Himmel – in sieben
Oberlichten gerahmt blickt er herab, spaziere
schlaflos wird aus Blauschwarzerbläue irgendwann
Licht – noch döst ein voller Mond im Dämmermorgen.

Auf dem Teller: was von nächtlichem Frühstück blieb,
ein wenig Puderzucker, drei Tropfen Marmelade, der Trost
der Crêpes, damit vergeht
der letzte Rest unruhiger Nacht, im Blick
ein Teil des Himmels, heute: milchig Grau, morgen (womöglich) blau.

Im Schnee vor dem Fenster: der Federn gelb,
und ein Flügel, ein Schlag – wen rührt schon, was
im Überleben übrig bleibt? Ziehe die Ofenklappe auf: in meiner Hand –
„keep away from fire" steht auf dem Karton – schon brennt er
lichterloh, im Ofenschlund – wer
braucht Kanarien, wenn Kanaren winken?

Halte inne, lausche den Wortfügungen: Der Horizont ist
seit jeher nur eine Frage des Standpunkts,
„Zuckervögelchen" rief man Kanarien, Zuckervögelchen zur Geselligkeit:
eingeschlossen, bis sie sterben vor Lebensangst, und „dekorativ"
nennt frau ihr Gefängnis.
Schleife mit ruhiger Hand den Kanarien die Spitze aus;

schrill quiekt das „i“, bevor daraus Kanaren werden. Wer sagt: „lass mich nur
machen – das kannst du nicht“, hat nie versucht, Frau zu sein
und in Männerwelt zu leben.

Wie kann sich jemand freien Willens: in das Gefängnis
des Geschlechts hocken, um einiger Erleichterungen wegen,
wenn darüber des Himmels Weite funkelt?, fragte Earhart, frage ich;
Ob Mann, ob Frau, divers:
Genügt nicht zu wissen, was droht,
hockst du dich in einen Käfig?

Regina Hilber

Der Amelia Earhart Pfannkuchen

Himmelblau und Blütenweiß
Fuß bei Fuß
an einem Angriffstag Brautart aber
ohne Schleier
von wegen das Ei
Roggenmehl im Haar
geduldig ein Schnitt
zur Klarheit des Flugschreibers taugen
Blauhorizonte
call them rich rich skies

Siljarosa Schletterer

Der Amelia Earhart Pfannkuchen
oder: *gr+sätzliches*

richard – mein lieber – how dare you!
vielleicht solltest auch du bei a.e. nicht an pfannkuchen denken
du weißt die parallelen sind schmackhaft m+gerecht

auch die nachahmungstäterinnen wollen bedacht sein
sie könnten die pfannen wenden + dann die maschinen

sie könnten unser triebwerk sein + zu fall bringen
mit ihren ideen
verschwinden irgendwann

Der Amelia Earhart Pfannkuchen
oder: *was ich mich frage*

ob a.e über die unzulänglichkeit von rezepten nachdachte
zwischen pfannen + träumen
zwischen placenta + kuchen

zwischen mutter + erde
wann a. e. die unscheinbarkeit von mut erahnte
zwischen rollen + bildern

zwischen pionierin + sein
zwischen aufwind + aufprall
oder wann es meisten schmerzte

Julia Mantel

der amelia earhart pfannkuchen

hörst du nicht
do you hear me,
a part from heart
wie sich
das eichhörnchen
ernährt
er nährt, es näht
nirgendwo
einen pfannkuchen
wir fluchen:
nun, amelia
bitte lass es uns
doch nochmal
versuchen!

Simone Scharbert

Der Amelia Earhart Pfannkuchen
oder: *Vom Wenden*

Finde dich zwischen *Waffeln, Erdbeerhaikus* und *Stonehenge Stroganoff*. Genauer: Finde dich in *Betty macht wunderbare Waffeln*. Finde deinen Namen, deine Geschichte. Denke an Betty Friedan, an *Weiblichkeitswahn* deiner Zeit. *Feminine Mystique*. 30er, 40er Jahre. Schürze, Taille, Wespe. Heimflug. Am Herd stehen, mit dem Teig gehen. Du aber, wendest Erwartungen. Vom unterwegs, in der Luft sein. Vom Pionierin werden, Angst überqueren. Von Pfannkuchen keine Spur.

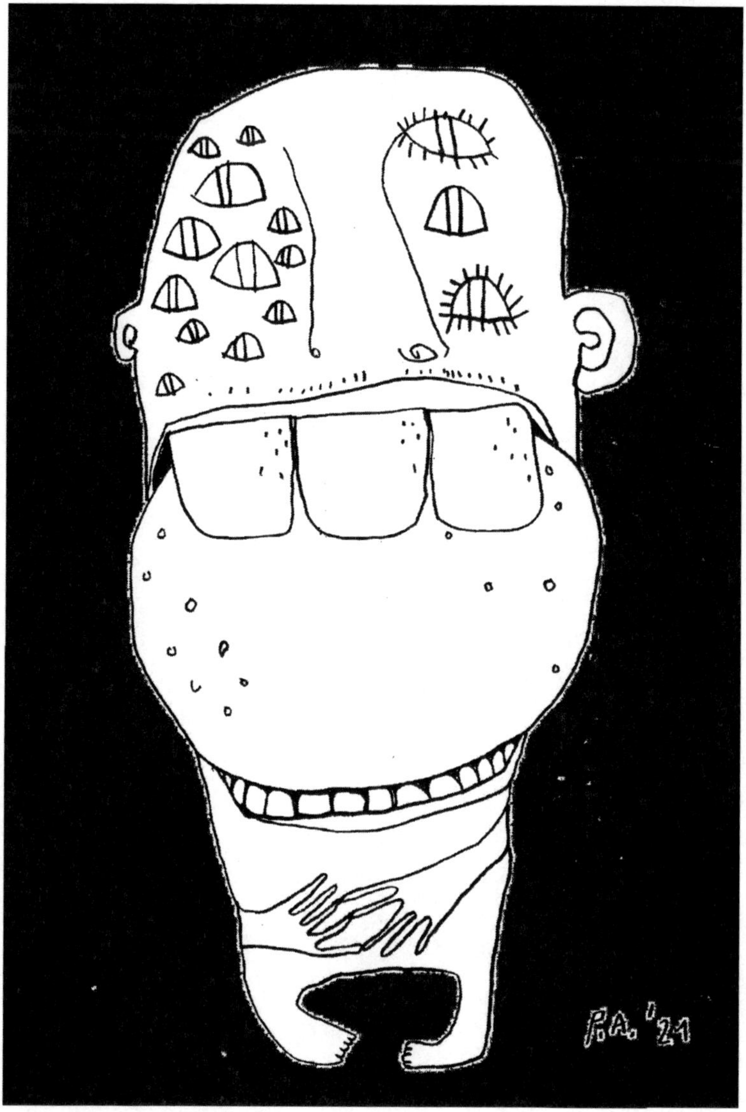
P.A. '21

Jana Volkmann

Der Amelia Earhart Pfannkuchen

es war einem zufall geschuldet
dass roseanna hofstaedter am dritten april
bei der ersten wanderung des jahres
atascadero im rücken und kurz vorm meer
die verkehrten schuhe trug
und auf einem kiesel ausglitt
der nachts zuvor von einer beutelratte
versehentlich dort hingetreten worden war

sie glitt sieben meter den hang hinab
unverletzt und fast vergnügt
im glauben an ein abenteuer
segelte sie langsam durch feuchtes farnkraut
und zog eine spur aus geröll mit

auf einem plateau gleich unterhalb des wanderwegs
fand sie eine sandfarbene scheibe
durchzogen von schlieren unbekannten materials
die sich bei einer späteren laboruntersuchung
erwiesen als splitter einer fliegerbrille
eine locke und eine halbe kompassnadel
leicht radioaktiv und noch ein wenig warm

dass nie eine frau vor ihr dieses plateau erreicht hatte
und dieser fund tausend wissenschaftler
vor ein unlösbares rätsel stellte
sandte ihr noch jahrzehnte später
ein lächeln aufs gesicht
da war ihr name schon lang
aus allen zeitungen verschwunden

Romina Nikolić

Der Amelia Earhart Pfannkuchen
oder: *Spazieren*

mit Ente im Arm und
Kräuterlikör Cat‘s Paw Tierrufen
durch den Garten vors Tor
Bromelien Ziergras Blutbuchen
den Hügel hinauf
Augäpfelchen Weitblick Haltsuchen
an den soft-runden Wolken
Amelia Earhart Pfannkuchen

Ruth Loosli

Der Amelia Earhart Pfannkuchen

amelia,
wie du eingetreten bist
während dem sturz noch
in diese architektur aus licht
hast dich verwandeln
dich einverleiben und
verdauen lassen
bist ein neuer tag
eine neue einsicht

Ronja Paffrath

Der Amelia Earhart Pfannkuchen

ich falle
rein schön falle
gehe auf wie ein teig
spanne mich auf wie ein tuch
kreisend spanne ich mich falle
am boden auf

(in der ferne klicken scheren die darauf warten in einigen tagen dieses
kreisrunde sprungtuch bis auf den herzhaften kern hin zu sezieren)

unter dem gespann bricht ein stück grund weg
zum loch hin sackt es leicht ein
sehr gespanntes gewebe
bedeckt viele kilometer tiefe
als grund nur ein einzelnes bleischweres
herz

Jantien Sturm

Der Amelia Earhart Pfannkuchen
oder: *Ich liebe dich!*

Kleine Spiralen dreht sie aus ihren
dicken gelben Locken.
        Er dreht sich um sich selbst und
        sucht nicht was er findet.
Der letzte Blick ist schon etwas her.
Leise, ganz rosa, ist sie da. Mit viel Ausdruck.
        Ohne Ausdruck, ohne Mund, ist er laut
        und ihre Stille schluckt den Krach.
        Noch lauter klappert er ein seltsames
        Konzert in der Küche.
Sie sitzt am Tisch, dessen Muster im Holz mit ihr spricht.
Weich und zart sitzt sie wie hingeworfen dort.
Wie eine Puppe, die keiner hält.
        Die Luft reißt plötzlich ein Loch in
        diese dicke Unsagbarkeit, als alles durch den
        Raum fliegt: Schüsseln, Teig, Mehl, Katzen.
        Dann ist es leise. Er ist leise.
        Mit ganz viel Ausdruck
        versucht er das Unbeschreibbare zu sagen.
Sie lächelt sanft, ihre Blicke verbinden sich:

„Pfannkuchen sind doch gar nicht nötig.“

Sophie Reyer

Der Amelia Earhart Pfannkuchen

Zwangsvorstellung Frausein
nie den ganzen Mund schminken
deine Hände werden Teig kneten
deine Becken Kinder gebären
niemanden wirst du lieben
außer deiner Katze

Klára Hůrková

Der Amelia Earhart Pfannkuchen

Alle Mädchen sollten ein Stück Himmel haben,
das sie frei durchstreifen können,
dachte Amelia, während sie Pfannkuchen aß,
und ein Stück Ozean von oben sehen, und wenn
wir dazu diese gottverdammte Welt
auf den Kopf stellen müssen

Ein Junge, der später Dichter wurde
aß Pfannkuchen aus Wasser und aus jenem Mehl
das seine Mutter vorher durchsieben musste
um Rattenkot zu beseitigen

Ein Pfannkuchen, für immer
ein traumatisches Erlebnis
Amelia am Himmel
verschwunden

Doch ein Vermächtnis ist geblieben:
dass alle Jungen
und manche Pfannkuchen
ein Gedicht haben sollen
eigens für sie geschrieben

P. Akkordián

Raphaela Edelbauer

Der Amelia Earhard Pfannkuchen
Eine Suche im Kassler Telefonbuch
Oder: nein – auch nicht auch nicht auch nicht

> *Wer „Pfannküchler" heißt, hat also vermutlich*
> *einen Pfannkuchen-Bäcker unter seinen mittelalterlichen*
> *Verwandten: „Der Bäckerberuf enthielt im Mittelalter viele*
> *Spezialisierungen, das ist also nicht ungewöhnlich. „ Der Urahn*
> *eines „Pfannkuch" hingegen war eher für seine persönliche*
> *Vorliebe für Eierkuchen bekannt.*

Und zwar:
Die besten Changsen sie zu finden – wen sonst
Hat man in Kassel. Wo wie der Zufall etc
Es wollen mein Herz her ist und mir erschüttete
Dass neben normalverteilten Schweinebräden sich
Vor allem ebenjene stapeln (als nachnämlich) dort
Im Telefonverzeichnis was fruchtet wäre weniger
Als beispielsweise das:
Thomas Pfannkuch nein, Andrea Pfannkuch nein, – alles echte Menschen dort!
Fulbert Pfannkuch nein Herbert Pfannkuch nein: auch nicht, auch nicht, auch nicht
Reinhild Pfannkuch Lisebeth Pfannkuch – Georg Pfannkuch (GesmbH)

Freikirche Pfannkuch und Haribert Pfannkuch Bäckerei Pfannkuch –
nein auch nicht
Marilyn Pfannkuch Michael Pfannkuch nein auch nicht Pfannkuch
Princess of Wales
Joseph Pfannkuch Maria Pfannkuch – nein Jesus auch nicht auch
nicht.
Jamie Oliver Pfannkuch Jasomir Gott Pfannkuch nicht Anna nicht
Hilbert nicht Frank
Sigmund Pfannkuch (nein) Amelie Pfannkuch (fast) Erhart
Pfannkuch (gleich!)
Nein: wieder drei Hans. Horst Pfannkuch-Pfannkuch Lars Pfann-
Pfannkuch und
Seltsame Doppelnamen ohnegleich. Lies-Marigold Pfannkuch Fritz-
Franz Pfannkuch
Hinz-Hanz Pfannkuch nein auch nicht. Annelies Pfannkuch Cordula
Pfannkuch
Sieben Gabriel Pfannkuch ein Hans.
Mohammed Pfannkuch Mutter Theresa Pfannkuch Schön-aber-auch-
nicht Pfannkuch auch nicht.
Heinrich von Pfannkuch Franz Kaiser von Pfannkuch nein, Duke of
Pfannkuch nein
Auch nicht. Papst Pfannkuch der dritte, nein Pfannkuch Bin Laden,
nein Pfannkuch auch Pfannkuch nicht Pfannkuch.
Denn-sie-spürt-wie-du-den-Schmerz-Pfannkuch Bertel Pfannkuch,
nein auch nicht.

Schneeflöckchen Pfannkuch (Katze) Wastl Pfannkuch (Hund) Bubi Pfannkuch (Wellensittich) – nein auch nicht.

Amelia-Earhard Palatschinken – nein. Amelia-Earhard Pancake – shit. Amelia Earhard Omlett nein, Amelia Earhard Crépe – auch nicht auch nicht auch nicht.

Nein: auch nicht auch nicht auch nicht.

Jona Zhitia

Der Amelia Earhart Pfannkuchen

Für das Wohl der Allgemeinheit,
muss man alte Leute schocken,
manchmal
mit fliegenden Frauen
die die Welt umrunden
und auf verschollenen Inseln
Pfannkuchen
mampfen.

Michael Hammerschmid

der amelia earhart pfannkuchen

auf flügeln kann man stehen
hüpft man
tut sich ein abgrund auf
man steht auf einer zehen
spitze
sie ist ein turm
man hüpft
zieht jemand den flügel
weg
hält man sich
an der wolke
an
jener die man
ausgeatmet hat
oder die sich zufällig
vorfindet
man verschwindet in ihr
später taucht man wieder
auf
ich zog meinen hut bis
zur glut im mittelpunkt
der erde.

Christa Issinger

Der Amelia Earhart Pfannkuchen – in the air

über den gasherd gebeugt
morgen fliege ich
über den äquator
mehlstaub aus dem gesicht
ich kenne eure hungerblicke
und spanne flügel in das leben
bin freier fall und
schütte den flüssigteig
in eine eisenpfanne
bereit das mahl
ein allerletztes mal

Der Amelia Earhart Pfannkuchen – Georges tagebuch

weil er oft
über den tellerrand ragte
zu eiergelb oder zu blass war
zu süß oder zu pikant
und morgens der tag
nicht gerade pfannkuchig
beginnen sollte
weil Amelia die frau war
und das morgens um sieben
darum
ja darum ist George nicht geblieben

Werner Weimar-Mazur

[der amelia earhart pfannkuchen]

auf auf
zieht euch gut an
es geht zum sterben

1
ich werde ein apfelbäumchen pflanzen
oder ein federbett kaufen
bellt der hofhund an der kette
und pechmarie eine zweite chance geben

2
die erde hat zwei pole
nord und süd
heiß und kalt
hell und dunkel
die liebe hingegen hat drei
äquatorialafrika
lauwarm
und dämmerung

3
lithium
tief ins fleisch
die steine sind unser meer
schillerndes inferno zwischen den jahren der müdigkeit

4
ich bewohne verse
als würde ich in ihnen schutz finden
ich bewohne stimmen
deine tröstet mich
über den verlust der steine
sprachen wir lang
und blickten hinaus
auf ein felsenmeer

wir sind versuchsflächen
für abziehbilder
die lanze der lyrik ist gebrochen

Rosa Keck

Der Amelia Earhart Pfannkuchen

Es kommt auf den Schwung an sagst du es kommt immer auf den
Schwung aus dem Handgelenk das ist wichtig bestimmt
die Flugbahn segelt kreist saust zielgerichtet die Flügel
gestreckt dampfend neigst den Kopf deine
Augen verfolgen verdrehst senkst sie und
wieder es kommt auf den Schwung an sagst du es kommt immer

Jochen Stüsser-Simpson

Der Amelia Earhart Pfannkuchen
oder: *Die schöne Kunst des Fliegens*

AUCH VOLLER GEISTESGEGENWART
RICHARD MIT OBERLIPPENBART
ZUM BACKSTART BRAUST IN VOLLER FAHRT
AMELIA EARHART ZU BESUCHEN
DIE KUCHEN TESTEN, UNTERSUCHEN
DOCH LEISE FÄNGT ER AN ZU FLUCHEN
AMELIA IST SCHON AM START
HIER WIRD GEBACKEN UND GEGART
NACH ANDERER UND US-ART:
B7CK3, B7CK3 K4CH3N,
D3R B73CK3R H7T G3R4F3N,
B7CK3N 4ND N1CHT FL4CH3N,
W3R W1LL G4T3N K4CH3N B7CK3N,
D3R M455 H7B3N S13B3N S7CH3N:
313R 4ND SCHM7LZ, B4TT3R 4ND S7LZ,
M1LCH 4ND M3HL, S7FR7N M7CHT D3N K4ch3N G3HL.
5CH13B Z4 !
SIE SCHWINGT DIE PF7NNE, SINGT UND R7PPT
3R HÄTTE G3RN3 DAS R3Z3PT
SCH7UT, L7USCHT, FÜHLT SICH GEH7NDIC7PT
ST7RRT 7UF DI3 SCHÜRZ3, DIE B3KL3CKST
RHYTHMISCH B3W3GT FLI3GT WIE V3RH3XT

V3RSTÜND3 G3RN DEN G7NZ3N T3XT
PLÖTZLICH DIE KUCH3N NICHT M3HR KL3BEN
WOLLN NICHT M3HR B3I3INAND3RLI3G3N
SI3 h3b3n LANGSAM SICH UND schw3b3n
Beginnen dann davonzufliegen
Amelia singt, tanzt und lacht
zeigt in die luft und keinen störts
lachen und kuchen in der nacht there were cakes and words
wortewörter ... all over ... he place ... in the air
everywhere

Der Amelia Earhart Pfannkuchen

***

Ich brauche den Amelia Earhart
Pfannkuchen mit Ahornsirup nicht mehr.
Also, du darfst ihn aufessen, POEDU.

Janosch, 8

***

Amelia Earhart hat einen
Pfannkuchen gebacken. Keiner
wusste, dass sie das kann
und jetzt ist er aufgegessen.

Sonja, 6

***

Der Amelia Earhart Pfannkuchen
wurde nie gebacken,
weil sie sehr früh verschwand.
Gefunden wurde nur ein Hacken,
niemals jedoch ihr Gewand.
Herd und Pfanne war nie wichtig,
sie wollte Fliegen – und zwar richtig!

Tintenfisch, 9

***

Der Mond ist so schwer.
Fällt voll in die Pfanne
Amelia, wirf ihn!
Back ihn auf beiden Seiten!
Und dann:
Earhart, hol Zucker,
als Schnee!
Earhart, die Streusel,
als Blumen!
Amelia du den Lavendel.
Er duftet so gut

Marie, 12

***

Während Amelia fliegt,
bäckt sie einen Pfannkuchen,
rund und lecker.
Sie fliegt über dem Meer.
Plötzlich geht die Tür auf
und der Pfannkuchen stürzt in die Tiefe.
Amelia beugt sich raus,

um ihn noch zu kriegen.
Der Flieger ist außer Kontrolle.
Er stürzt ab,
auf eine einsame Insel.
Sie ist jetzt Amelias Zuhause.
„Seitdem suchte ich meinen Pfannkuchen.
Als ich ihn fand,
tat ich ihn zwischen zwei Glasscheiben.
Die Insel ist mein Zuhause
und der Flieger und der Pfannkuchen
sind meine einzigen Freunde.
Ich nannte die Insel Pfannkucheninsel."

Wanda, 8

***

amelia earhart traf valentina tereschkowa
und backte ihr einen pfannkuchen.
die wollte ihn gerade essen, da kam
ein kleiner grüner pfannkuchenfresser
mit seinem raumschiff – und happs!

Karline Schlumperbein, 8

***

eines tages machte amelia sich
einen pfannenkuchen
sie warf ihn zum wenden
in die luft
und der pfannenkuchen landete
ihr auf dem kopf
das brachte sie auf eine idee:
sie zog eine mütze an
eine sonnenbrille
sie zog einen anzug über
und flog übers meer
als erste frau
und sie war glücklich

Fada, 8

Verzeichnis der Autor*innen

Pietro Aerofago, Pseudonym: Joulia Gern,*1991, wohnhaft auf Stromboli (IT), Freie Journalistin, Autorin

petrus akkordeon, *27. september. 1971 in berlin west, studium u.a. bei f.w.bernstein an der udk berlin, zahlreiche internationale publikationen und ausstellungen

Martin Amanshauser, * 1968 in Salzburg, lebt in Wien, Autor und Reisejournalist („Presse", „Süddeutsche" etc), letzte Veröffentlichung: „Es ist unangenehm im Sonnensystem", Kremayr&Scheriau 2019

Gisbert Amm, * 1965, lebt in Joachimsthal, Softwareentwickler, zuletzt: „Glückscode", Corvinus Presse, 2021

Klaus Anders, * 1952, lebt in Frankfurt, letzte Veröffentlichung „Séptimas", Gedichte, Berlin 2020

Michael Augustin, * 1953, lebt in Bremen. „Herring & Smelt – Collages", Redfoxpress, Irland 2021. www.michaelaugustin.art

Anke Bastrop, * 1982, in der Nähe von Schwerin, „Pyrit", Verlagshaus Berlin 2013

Simon Bethge, * 1996, lebt in Frankfurt (Oder). Letzte Publikation in der erostepost #60 Ende 2020

Juliane Blech, * 1975, Halle/Saale, Dichterin/Dramatikerin, www.juliane-blech.de

Dakini Böhmer, * 1989 in Dortmund, auf Mallorca und in Ulm aufgewachsen, lebt und schreibt heute in Köln. „Blau – ohne Kontur" bei Rodneys Underground Press, 2021, und „Zwischentöne", Moloko Plus, 2021

Lars Bornschein, * 1967, schreibt seit seiner Jugend Gedichte. Lebt in Schramberg im Schwarzwald. Jüngste Veröffentlichung „Auf Wach Raum /Degeneration Lockdown" bei Rodneys Underground Press 2021

Timo Brandt, * 1992, Lyriker und Rezensent in Wien, letzter Gedichtband: „Das Gegenteil von Showdown", Limbus Verlag 2020

Jürgen Brôcan, * 1965, lebt in Dortmund als Schriftsteller, Übersetzer und Herausgeber, zuletzt erschienen: „Atemfrequenzen", Aphaia Verlag 2022. Website: www.brocan.de

Eva Brunner, * 1980, lebt in Uppsala/Schweden und arbeitet als Konzepterin in der Kreativagentur Henkelhiedl. Ihr Lyrikband „Achtung, die Naht" erschien 2019 in der parasitenpresse

Verena Dürr ist eine schweiz-österreichische Autorin und Musikerin. Sie schreibt Essays, Hörspiele, Prosa und Lyrik, die sie auch vertont oder mit ihrer Punkband Smashed To Pieces zur Aufführung bringt. www.venerasinn.com

Raphaela Edelbauer, * 1990 in Wien, wo sie lebt und Romane schreibt

Tabea Eder, * 1993, Wien und außerhalb der Stadt in den Bergen am Traunsee. Schreibt lieber Lyrik als Kurzbiographien. www.hautunterstaub.at

Thomas Eichler, * 1964, wohnt in Selzen in Rheinhessen. Letzte Veröffentlichung ‚Nachtgedichte' im Eigenverlag 2020, div. Anthologien

Raoul Eisele, * 1991, wohnt und schreibt in Wien, zuletzt erschien sein Gedichtband „einmal hatten wir schwarze Löcher gezählt", Schiler & Mücke 2021

Endres, Odile, * 1957, lebt in Greifswald und Heidelberg. Wissenschaftliche Mitarbeiterin für Schriftkompetenz an der Universität Greifswald. Letzte Veröffentlichung: „von bussen und büffeln", Gedichte, freiraum-verlag, 2014

Elke Engelhardt, * 1966 in Verl, lebt in Bielefeld. Schreibt Lyrik und Prosa. Zuletzt: „Sansibar oder andere gebrochene Versprechen", Elif Verlag, 2020

Matthias Engels, * 1975, lebt seit 2001 in Steinfurt. Autor/Herausgeber/Referent. Zuletzt erschien: „Bullerbü brennt", Roman, apebook verlag, 2021. http://dingfest.wordpress.com/

Isabella Feimer, * 1976, lebt in Wien, Schriftstellerin, zuletzt erschienen: „Cadavre exquis", Erzählung, Literaturedition Niederösterreich 2021. Kommend: der Essay „Langeweile", Kremayr & Scheriau, 2022

Vinzenz Fengler,* 1969, arbeitet und lebt als Coach, Autor und bildender Künstler in Berlin, zahlreiche Veröffentlichungen, zuletzt „Stimme. Stimme – ein Stück", bei edition maya

Katharina J. Ferner, * 1991, lebt in Salzburg, Poetin & Performerin, Jüngste Veröffentlichung „Der Anbeginn", 2020 Limbus. www.kj-ferner.at

Alexander Graeff, * 1976, schreibt Prosa, Lyrik und Essays, leitet den Programmbereich Literatur im Kulturzentrum „Brotfabrik". „Die Reduktion der Pfirsichsaucen im köstlichen Ereignishorizont", Verlagshaus Berlin, 2019

Ulrike Gschwendtner-Schütt, geboren in München, lebt in Hamburg als Familienberaterin, auch Mutter, spielt Theater, schreibt gern biographisch inspirierte Kurzgeschichten

Sandra Gugić, schreibt Essays, Prosa und Lyrik. 2015, „Astronauten", C.H. Beck. 2019 Lyrikdebüt „Protokolle der Gegenwart", Verlagshaus Berlin. 2020 „Zorn und Stille", Roman, Hoffmann und Campe. sandragugic.com

Elisabeth R. Hager, * 1981 in St. Johann in Tirol, Autorin / Klangkünstlerin; Ihr Roman „Der Tanzende Berg" erscheint 2022 bei Klett-Cotta; Web: moeglichkeit-formen.blogspot.com

michael hammerschmid, wien, autor, zuletzt erschienen: „wer als erster". gedichte. jungbrunnen verlag 2022

Julius Handl, * 1995, lebt in Wien. Studium der Komparatistik und Politikwissenschaft in Wien und Paris. Gründer der Veranstaltungsreihe Gläserne Texte. Veröffentlichung in verschiedenen Magazinen und Zeitschriften

Jonis Hartmann, * 1982, lebt & arbeitet in Hamburg. Letzte Veröffentlichung: „Ex", Elif Verlag 2019

Peter Hauff, * 22. Juli 1965, lebt in Regensburg als Logopäde und freier Autor, zuletzt „mme perreq" 2021, Verlag Das Wunderhorn. www.oulipo-frankfurt.de

Regina Hilber, lebt als freie Autorin in Wien, www.dielavoir.com

Herbert Hindringer, * 1974, lebt in Hamburg, Sozialpädagoge, letzte Veröffentlichung: „111 Gründe, Hamburg zu hassen" (als Uwe Uns)

David Hoffmann, lebt in Wien und Berlin. Autor und Performer. Letzte Veröffentlichung 2021 in Junge Literatur Burgenland Volume 5 bei edition lex liszt 12. Texter und Falsettsänger der Literaturpunkband Smashed To Pieces

Sandra Hubinger, lebt in Wien. Zuletzt erschienen: wir gehen. Gedichte. edition keiper lyrik 2019

Klára Hůrková, * 1962 in Prag, lebt in Aachen. Autorin, Übersetzerin, Lehrerin, Künstlerin. Zuletzt Licht in der Manteltasche, chiliverlag Verl, 2020. www.hurkovaklara.de

Christa Issinger, * 1963 in Brixen (Südtirol), wohnhaft in Natz-Schabs, verheiratet, ein Sohn. Beruflich tätig als Verwaltungsbeamte im Öffentlichen Dienst

Diana Jahr, * 1970, lebt und wirkt im Westerwald, Lyrikerin, Lektorin, Veröffentlichungen, erstes eigenes Werk: „und nachts wandern die fledermäuse aus", Schillo-Verlag, München, 2019, https://versspruenge.wordpress.com

Gerald Jatzek, * 1956, lebt in Wien und auf Reisen; veröffentlichte Gedichtbände für Erwachsene und Kinder

Mathias Jeschke, * 1963, lebt in Stuttgart, Verlagslektor und Autor. Zuletzt: „Ich bin der Wal deiner Träume", Limbus 2019. www.mathiasjeschke.de

Andrea Karimé, * 1963 in Kassel, lebt als freie Schriftstellerin in Köln. Letztes Buch: „Das schönste Zimmer in meinem Kopf", Elif Verlag 2021

Sigrun Karre, * 1978, im Kulturbereich sowie als Texterin und Journalistin tätig. In den 1990ern Veröffentlichung zweier Lyrikbände sowie einer Übersetzung in Esperanto (Hermagoras/Mohorjeva), 1994 Villacher Lyrikprreis.

Adrian Kasnitz, geb. an der Ostsee, lebt in Köln. Zuletzt erschien: Kalendarium #1 bis #7, parasitenpresse 2015-2021. www.adriankasnitz.de

Rosa Keck, * 12. März 1991. (Neu-)Ulm. Lehrerin. @rosakecktexte

Marco Kerler, * 1985 in Ulm geboren und war fünfmal in Berlin. Zuletzt erschien 2021 „Ehinger Tor Utopien/Abfahrtszeiten" bei Rodneys Underground Press. Weitere Infos: www.marcokerler.de

Christoph Kleinhubbert, * 1962, lebt und arbeitet im Mittelpunkt des Emscherdeltas. Er ist zusammen mit Marco Kerler Herausgeber der Mixtape-Anthologien, erschienen bei Moloko Print

Beate Kniescheck, * 1975 in Oberösterreich, lebt als Kommunikationsberaterin und Autorin in Wien. Ihr Debütroman erscheint im Herbst 2022 im Septime Verlag. www.kniescheck.com

Katharina Kohm, * 1985 München, zuletzt errschinen: in melanin, 2021 gutleut Verlag. Interaktive Webseite in Kooperation mit der Bildenden Künstlerin Nina Annabelle Märkl: www.inter-narrative-scapes.art

Bianca Körner, * 1990, ist eine freiberufliche Schreiberin in Berlin, veröffentlicht in Literaturzeitschriften und Anthologien sowie auf Instagram (@bianca.koerner)

Isabella Krainer schreibt & macht was sie will. Ihre Arbeiten pendeln zwischen Politsprech und Dialektlandschaft. Sie auch. isabellakrainer.com

Hung-min Krämer, Autorin, lebt in Wuppertal. Zuletzt erschienen: Alles außer Haiku. Gedichte. Elif Verlag 2018

Thorsten Krämer, * 1971, lebt in Wuppertal als freier Autor und Gestalttherapeut. Zuletzt erschienen: „Schwankungen der Füllhöhe", Gedichte, Elif Verlag 2020. www.thorstenkraemer.de

Jakob Kraner, * 1986, lebt in Wien, schreibt Prosa, Lyrik, Essays und übersetzt. Sein Debüt erscheint bei Matthes & Seitz Berlin. Literaturperformances im Duo VIEIDER/KRANER (www.vieiderkraner.com)

Florian Kranz, * 1994, wohnt in Brüssel, arbeitet als Literaturübersetzer. Zuletzt erschienen: Georges Simenon. Der Grenzgänger. Neuübersetzung aus dem Französischen, Atlantik 2022

Henning Kreitel, * 1982 in Weimar, lebt und arbeitet als freier Autor und Fotograf in Berlin. Zuletzt erschien Ende 2019 sein Gedichtband „im stadtgehege" im Mitteldeutschen Verlag.

Sylvia Krismayr, * 12. Juli 1957, zehnfache Oma, Kleinstbäurin, UND: TAK, 1998; kein einziges unbeschriebenes blatt: Selbstverlag, website: institut-kultureller-kompostierung.net

Philip Krömer, * 1988, wohnt mit Familie als freier Schriftsteller in Erlangen. Von ihm erschien zuletzt 2019 der Erzählband „Ein Vogel ist er nicht – Neun Umschreibungen" im Topalian & Milani Verlag. www.philipkroemer.com

Elizaveta Kuryanovich lebt in Frankfurt am Main. Zuletzt: Danke! Spasibo!, Größenwahn-Verlag 2019; So gerade / nicht, Geest-Verlag 2020; www.elizaveta-kuryanovich.de

Tamara Labas lebt in Frankfurt am Main. Lyrik, Kurzprosa, Drama. Zuletzt: „durst der krieger. liebesgedichte", LuBurn Verlag 2021. www.tamara-labas.de

Stan Lafleur lebt in Köln. Letzter Einzeltitel: Am Rande der Wahrscheinlichkeit von Mexiko, Köln 2019

Tanja Langer, * 1962, lebt seit 1986 in Berlin. Schriftstellerin und Textdichterin für neue Musik; zuletzt erschien „Meine kleine Großmutter & Mr. Thursday" (mdv, 2019). 2016 gründete sie den mehrsprachigen Bübül Verlag

Miriam V. Lesch, * 1991 in Graz, wohnhaft in Wien, arbeitet als Autorin und Dramaturgin. 2021 erschien ihr Theaterstück „Wald" in der Edition Goldstücke der Wiener Wortstätten

Ruth Loosli, * 1959 im Seeland, lebt in Winterthur, Schweiz. „Mojas Stimmen", ein Roman, nach diversen Lyrikbänden, erschien 2021 im Caracol-Verlag. www.ruthloosli.ch

Natascha Maier, * 22. Januar 1983, wohnhaft in Friedrichshafen am Bodensee, Kommunikationsdesignerin. Publikationen in div.

Zeitschriften und Publikationen, u.a. apostrophe', das Narr und Kliteratur

Julia Mantel, * 1974 in Frankfurt am Main; Konzeptlabel „Unvermittelbar“: www.unvermittelbar.de. Publikation von vier Lyrikbänden, zuletzt: „Wenn Du eigentlich denkst, die Karibik steht Dir zu“ (Edition Faust, 2021)

Undine Materni, * 1963, Dresden, Dichterin und Lektorin, letzte Veröffentlichung: Wünschen und Wollen, Gedichte, Taulandverlag Köln 2019. Web: www.undine-materni.com

Erika Wimmer Mazohl, freie Autorin und Literaturwissenschaftlerin in Innsbruck, zuletzt erschienen: „Das zweite Gesicht“, Gedichte zu Dante-Miniaturen von Markus Vallazza, Limbus Preziosen 2021

I. J. Melodia, * 3. Januar 1985, wohnhaft in Freiburg. Vorsitzender bei KeinVerlag e.V., Redaktionsmitglied der Literaturzeitschrift „16 Seiten“ sowie des Video-Podcast „16 Minuten“

Sandro Nicolussi, * 1994, lebt und vermeidet Arbeit in Wien

Romina Nikolić, * 1985 in Suhl, lebt als Lyrikerin, Herausgeberin, Literaturvermittlerin in Jena. Lyrikband „Unterholz“ erscheint im Frühjahr 2022

Astrid Nischkauer, * 1989 in Wien, Lyrikerin/Übersetzerin/Literaturkritikerin, zuletzt: „du Wundergecko. Gedichte“, Köln: parasitenpresse, 2021

FriederikeOverweg, * 63.zeitartistinfigurenspielerinpoetinköchinschreinerintheaterpädagoginkäserinundauchnichtsvonalledemaberjedenfallshierauchmitdabeiwieimmerinallengassensieistebenkaumzufassen

Ronja Paffrath, * 1991 in Bonn, zeichnet, schreibt, näht, legt Tarot- und Lenormandkarten, sammelt und macht Objekte aus verschiedensten

Materialien. Außerdem Carework (bezahlt und unbezahlt). Instagram: @mcfohn

Marlen Pelny lebt in Berlin, Autorin und Musikerin, 2021 erschien ihr Debütroman „Liebe/Liebe" im Haymon Verlag

Herr Penschuck, * 1966 in Melbourne, lebt als Konzeptkünstler in Oldenburg, sein Lyrikdebut „angrasen" erschien 2020 bei der corvinuspresse, Berlin

Barbara Peveling, * 1974, Autorin und Anthropologin, hat mit Nikola Richter „Kinderkriegen, Reproduktion Reloaded" in der Ed. Nautilus herausgegeben. Mit Cécile Calla den deutsch-französischen Podcast „Medusa spricht"

Judith Nika Pfeifer, * 1975, lebt in Berlin, Wien und Brüssel. Politik- und Sprachwissenschaftlerin, Autorin und transmediale Künstlerin. Jüngste Publikation: TUCSONICS, hochroth 2019. www.judithpfeifer.com

Martin Piekar, * 1990, Lyriker und Lehrer, zuletzt: AmokperVers, 2018 im Verlagshaus Berlin

Danilo Pockrandt, * 1981, lebt und arbeitet in Halle (Saale), Zeichner/Illustrator/Buchkünstler, „Das Meer klingt wie tausend Chipstüten beim Abendprogramm" (edition unbewohnt, 2020), www.danilopockrandt.de

(Poedu) Wanda Margarete Bastrop, * 2012, in der Nähe von Schwerin, Teilnehmerin an der virtuellen Schreibwerkstatt POEDU

(Poedu) Marie Haker Klettgau Bühl, * 4. Januar 2009, Schülerin der 8. Klasse

(Poedu) Janosch Petri, * 2012, lebt in Darmstadt, Schüler

(Poedu) Sonja Petri, * 2014, lebt in Darmstadt, Schülerin, Veröffentlichungen im POEDUbuch, ELIF-Verlag, 2021

(Poedu) Tintenfisch, * April 2011, lebt in Freiburg im Breisgau. Weitere Gedichte von ihr wurden veröffentlicht in: Kathrin Schadt/Petrus Akkordeon: Poedu.Poesie von Kindern für Kinder, Elif Verlag 2021

(Poedu) Josefine als Karline Schlumperbein ist 9 Jahre und wohnt in Berlin, Prenzlauer Berg. Ihre Schildkröte heißt Rasmus und ist schon viel älter, sie vermuten: mind. 20 Jahre! Fine mag Malen, Schatzsuche und Klavierspielen

Angelika Polak-Pollhammer, * 1974, lebt und arbeitet in Imst, zwei Lyrikbände bei Kyrene, Karl-Pömerpreisgewinnerin 2017

Helene Proißl, * 23. Dezember 1996, studiert Germanistik in Wien und schreibt Prosa und Lyrik

Barbara Pumhösel, * 1959 in Niederösterreich (Erlauftal). Lebt, schreibt und übersetzt in Italien (Arnotal). Letzte Publikation: Die Distanz der Ufer. (Langgedicht, Limbus, 2019)

Sophie Reyer wurde in Wien geboren und lebt in Baden. 2019 war sie auf der Shortlist für den Österreich Buchpreis. Zuletzt erschienen die Werke „Clara und ihre Morde" (Emons – Verlag) und „1431" (Czernin- Verlag)

Guido Rohm, * 1970 in Fulda. Er ist Schriftsteller und Mitglied im PEN. „Tyrannei in Senfsoße", Schrägverlag, 2018. https://guidorohmsgestammeltenotizen.wordpress.com

Caca Savić lebt als Autorin in Berlin. 2020 erschien ihr Gedichtband „Teilchenland" im Verlagshaus Berlin. 2021 war sie vertreten in der Anthologie „check your habitus", SUKULTUR

Marlen Schachinger, * 12. Dezember 1970, Kleinbaumgarten/Ö, Literatin, Literaturwissenschaftlerin, Bloggerin, Regisseurin; zuletzt erschienen „Fragmente: Die Zeit danach“ (Edition Arthof 2020), www.marlen-schachinger.com

Kathrin Schadt, * 1979, Berlin/Barcelona. Autorin und Journalistin. Zuletzt: „Brotjobs & Literatur“, Hrsg., Verbrecher Verlag 2021. www.poedu.net

Simone Scharbert, * 1974, lebt und arbeitet in Erftstadt, zuletzt: „du, alice“ (edition AZUR), www.simonescharbert.de

maximilian scheffold, * 27. September 1993, wohnhaft in wien, langzeitstudierender und texteverfertiger

Clemens Schittko, * 1978 in Berlin(-Friedrichshain), lebt dort, ausgebildeter Gebäudereiniger und Verlagskaufmann, zuletzt erschienen: William Shakespeare: Sonnets / Sonette. (Moloko Print, Schönebeck 2019)

Lea Schlenker, * 1992, lebt in Bern und Zürich, Publikationen im Bereich Lyrik, Prosa, Kolumnen und Journalismus, Gedichtband „Eine Auswahl an Fluchtmöglichkeiten“ im Aphaia Verlag, 2020

Siljarosa Schletterer, * 1991 in Innsbruck, Autorin/Lyrikerin/Kulturvermittlerin. Letzte Publikation: azur ton nähe – flussdiktate, Limbus 2022. https://linktr.ee/siljarosa

Stefan Schmitzer; lebt in Graz; Autor, Performer, Mitherausgeber von perspektive; zuletzt erschienen „liste der künstlichen objekte auf dem mond. gedicht“ (Ritter Verlag 2021); https://www.schmitzer.mur.at

Sigune Schnabel, * 1981, lebt in Düsseldorf, Diplomstudium Literaturübersetzen, zuletzt erschienen: Auf Zimmer drei liegt die Sehnsucht, Geest-Verlag, Vechta 2021. Mehr unter www.sigune-schnabel.de

Jakob Schneider, * 29. Mai 1990, Wien-Hernals, vormals Rechtswissenschaftler & Sinologe („Weltreisender“), zuletzt TEXTER; seit 2017

dann langsam Cognitive Scientist/Evolutionsforscher/Philosoph --> jockl.at

Peter Spafford, * 1956, lebt in Leeds. Dramatiker, Lyriker & Musiker. Zuletzt erschien: Frisk, Gedichte, Yaffle Press 2021. https://www.peterspafford.com

Angelika Stallhofer: * 1983 in Villach, lebt in Wien, schreibt Prosa und Lyrik. Der Roman „Adrian oder: Die unzählbaren Dinge“ erschien 2018 im Verlag Kremayr & Scheriau

Michelle Steinbeck ist Autorin und Redaktorin in Basel und Zürich. Zuletzt erschien ihr Gedichtband „Eingesperrte Vögel singen mehr“ 2018 bei Voland und Quist

Lop v. Strasoldo, * 1988, schreibt, lebt, arbeitet & bloggt in Wien. Rezensionen finden sich auf seinem Blog „fadenbuecher“

Jantien Sturm, * 1972, Urgroßnichte von Karl May, freischaffende Künstlerin in Aachen, www.jantiensturm.de

Jochen Stüsser-Simpson unterrichtet Philosophie und Deutsch am Christianeum in Hamburg. Letzte Einzelveröffentlichung: Schauderwelsch, Langenargen 2019, Papierfresserchens MTM Verlag

Cornelia Travnicek, * 1987, arbeitet Teilzeit als Researcher in einem Forschungszentrum für Computergrafik. Zuletzt erschienen: „Feenstaub“, Roman, Picus 2020 (nominiert für den Österreich. Buchpreis) www.corneliatravnicek.com

Seda Tunç, Lyrikerin, Anglistin und Amerikanistin, Übersetzerin. Lebt in Wien. Ihr erster Lyrikband WELCH erschien 2021 in der edition mosaik

Laura Untner, * 1997 in Salzburg, lebt in Wien. Sie ist Organisatorin der „Gläsernen Texte“, einem Hybrid aus Lesebühne und Textwerkstatt, und arbeitet an der Akademie der Wissenschaften im Bereich Digital Humanities.

Mona Susanne Unterberger, * 18. September 1996, Wien, BA in Deutscher Philologie, angehende Sozialarbeiterin

Monika Vasik, * 1960, lebt in Wien, Schriftstellerin, zuletzt: Knochenblüten, ELIF Verlag 2022; www.monikavasik.com

Nikolai Vogel, * 1971 in München, lebt in München, Schriftsteller und bildender Künstler, „Anthropoem", Black Ink Lyrik 2021, www.nikolaivogel.com

Julia Marille Volk, * 1991, lebt in Wien. Ergotherapeutin, Coach & Vortragende. Website: www.kunstraeume.art

Jana Volkmann, * 1983, lebt in Wien. Zuletzt erschienen: Auwald, Roman, Verbrecher Verlag 2020. www.jana-volkmann.de

jacqueline weihe, derzeit studium der bildenden und performativen kunst in alfter, bonn. schreibt, malt, spricht poesie

Werner Weimar-Mazur, * 1955 in Weimar, lebt in Waldkirch/Elztal, arbeitet als Ingenieurgeologe/Geotechniker, zuletzt 2016 „herzecho. lyrische sonogramme", Verlag Rote Zahlen. www.weimar-mazur.de

Weylthaar, * 1982, lebt und schreibt in Bochum. Zuletzt erschienen: Gedichtband „serotoninloch" bei Rodneys Undergroundpress, Dortmund 2021

Markus Witte, * 1975, wohnt in Nauen (Brandenburg) und Hannover. Autor und Jurist. Zuletzt Kurzgeschichte „Die Rumpelkammer" in der Literaturzeitschrift Hahnepeter, Hannover, Oktober 2021. Webseite www.the-moment.com

Jona Zhitia studiert Literarisches Schreiben in Leipzig und schreibt bei www.ekologiskamag.com

Juliane Ziese, * 1980 in Berlin, 2020 das Lyrik-Spiel „POEDU – Das Gedichte-Quartett“ entwickelt & herausgegeben; lebt und arbeitet in Berlin als freie Autorin und Buchhändlerin in ihrer kleinen, feinen Buchhandlung LYRIGMA